猫侦探的名推理

[日]广元 著　纪鑫 译

青岛出版集团 | 青岛出版社

图书在版编目（CIP）数据

猫侦探的名推理/（日）广元著；纪鑫译. — 青岛：青岛出版社，2023.1
ISBN 978-7-5736-0567-2

Ⅰ.①猫… Ⅱ.①广… ②纪… Ⅲ.①推理小说-日本-现代 Ⅳ.① I313.45

中国版本图书馆 CIP 数据核字（2022）第 208237 号

Nekotantei ha Tamanegi wo Kajiru By Hiromoto
Copyright © 2019 Hiromoto
Original Japanese edition published by Takarajimasha, Inc.
Simplified Chinese translation rights arranged with Takarajimasha, Inc.
Through Hanhe International (HK) Co., Ltd. China
Simplified Chinese translation rights © 2023 Qingdao Publishing House Co., Ltd.

山东省版权局著作权合同登记号　图字：15-2022-167 号

	MAO ZHENTAN DE MING TUILI	
书　　名	猫侦探的名推理	
著　　者	[日]广　元	
译　　者	纪　鑫	
出版发行	青岛出版社	
社　　址	青岛市崂山区海尔路 182 号（266061）	
本社网址	http://www.qdpub.com	
邮购电话	0532-68068091	
策　　划	杨成舜	
责任编辑	刘　迅	
特约编辑	左美辰　杨　萌	
封面设计	陈绮清	
照　　排	青岛新华出版照排有限公司	
印　　刷	青岛双星华信印刷有限公司	
出版日期	2023 年 1 月第 1 版　2025 年 3 月第 2 次印刷	
开　　本	32 开（880mm×1230mm）	
印　　张	6.75	
字　　数	126 千	
印　　数	8001—11000	
书　　号	ISBN 978-7-5736-0567-2	
定　　价	45.00 元	

编校印装质量、盗版监督服务电话：4006532017　0532-68068050
本书建议陈列类别：外国文学　推理　畅销

猫探偵はタマネギをかじる
ニャーロック・ニャームズの名推理

目　录

在生命与废弃物之间 / 1

珍贵的莎草纸 / 46

最后的卷心菜 / 86

翻车鱼町的"妖怪" / 124

夏洛克·福尔摩斯的来信 / 162

后记 / 199

在生命与废弃物之间

1

今晚是个完美的"猫月"之夜。人类好像称"猫月"这种月亮为"蛾眉月",真是个奇怪的称呼。

我的主人"播本夫人",即"播本忍小姐",正在床上呼呼大睡。

我钻进夫人塞满宠物猫用品的瓦楞纸箱翻找领结。

"找到啦!"

我把找出的领结系到项圈上,"噌"地从瓦楞纸箱里跳出来,飞快地跑过榻榻米,猛地跃上梳妆台。我尽可能挺直后背,从头顶到后爪,将自己全身上下检查了一遍。

"还是瘦点儿好啊!"

我照了照镜子,镜子中的圆眼茶色虎纹猫比上个月又胖了一些。

"这一定是我的错觉。"

流浪猫时代，我的毛因沾满污迹与汗渍总是湿漉漉的，而现在，我用宠物猫专用香波洗澡。

托宠物猫专用香波的福，我现在身体清爽，毛发蓬松，因此看起来胖了一些。

"嗯，领结也系得很漂亮嘛！"我对自己点点头。

我"呼呼"地打着响鼻儿夸奖自己，愉快地从梳妆台上一跃而下，跳到榻榻米上。

"哦！我的天！"

着地的瞬间，我感到爪子所受到的冲击比想象的还要强烈，我打了个趔趄，后悔自己装模作样地用两只爪子着地。

算了，我也该承认了，我确实胖了，但只胖了一点点。

我穿过猫瓣门来到外面，向"鲣鱼之丘公园"走去。

不温不凉的清风吹动着我的胡须，我感到十分舒适。

"鲣鱼之丘"这片街区的夜晚"既昏暗又明亮"。

在自然景物较多、娱乐活动较少的乡村街区，人类熄灯的时间也相对较早。

取代灯火的是夜空中的月光与星光。在这美丽的猫月之夜，月光与满天的星光比街灯还要明亮。

天空之所以如此高远，似乎就是因为喵尔摩斯所说的"这里没有高大的建筑物"。

喵尔摩斯今天在哪里呢？自从我决定担任喵尔摩斯的故事讲述者那天起，他就有些不高兴。他今天中午就出去了，至今未归。

这个腼腆的家伙！

"晚上好！"

"您好，喵生先生！我很期待您今晚的演讲啊！"

"不不不，请不要太期待！"

"您太谦虚啦！"

距离公园越来越近，我在路上遇到的动物们都热情地跟我打招呼。

鲣鱼之丘真是个不可思议的街区。这里饲养宠物的居民相当多，而且他们的宠物基本上都是放养。在其他地方很难看到许多家养动物在街上走来走去，在这里却可以看到。

我穿过来来往往的动物，走进公园。

"啊……"

公园里聚集了比我预想中还要多的动物，猫尤其多。

连我都被猫们闪闪发亮的眼睛吓了一跳，人类要是目睹这一场面，岂不是要吓瘫？

不过用不着担心，只要许多的猫聚在一起默祷："人类今夜不要来！"人类基本上就不会来。

猫们举行各种"猫集会"的次数远比人类想象中的多。别说人类不知道这些猫集会的存在，他们有时连自家养的猫不见了都注意不到。猫们这种来去无踪的神奇力量，很难用科学解释。

我看了看聚集在一起的动物们，跳到放置于公园内的水泥管堆的最上方,稳稳站住。这水泥管堆就是我的舞台。

我很有演讲家的气势,挥挥爪子,算是跟观众打过了招呼。

"喵喵""汪汪""叽叽""啾啾"……各种动物的叫声此起彼伏。

"喵——"

看到台下那么多观众,我慌张起来,后悔如浪潮般涌向我。要不是受到了警部①的怂恿,我也不会接下当喵洛克·喵尔摩斯的探案故事的讲述者这个活儿。现在看来,我真是太不知天高地厚了!

我觉得自己这会儿连话都说不连贯了。

"喵生先生,开始吧!"

"嗯……"

罪魁祸首是警部,我现在很后悔接受了他的邀请,我做了两个深呼吸,舔了一下嘴巴,总算张开了口。开场白我早已想好。

"我叫喵生,我……我要聊聊我的好友侦探喵洛克·喵尔摩斯。"

我把心一横,把牙一咬,开讲!

我叫喵生。

我……我要聊聊我的好友侦探喵洛克·喵尔摩斯。

---

① 警部:日本警察官之阶级之一。

我的好友兼搭档喵尔摩斯拥有一身微微发灰的银色毛发,他是只体形瘦长的帅猫。虽然他的种族不详,但是在身为杂种猫的我看来,他全身上下都散发着令人艳羡的高贵气质。

这个故事从那时还是流浪猫的我踏入"鲣鱼之丘市鲣鱼之丘街"开始拉开序幕。

穿过茂密的森林,我终于来到这片土地——鲣鱼之丘。我将要在这里开始新生活啦!我感慨万千。

我能感受到,这里有种令我的胡须微微颤动的东西。

初来乍到,我要先找个睡觉的地方。

猫有很强的领地意识,如果我随处落脚,一定会引发纷争,我不喜欢任何纷争。

于是我开始搜集各种小道儿消息,运气不错,我遇上了鲣鱼之丘的中介猫,并问他"有没有适合居住的地方"。

"嗯……有只名叫喵洛克·喵尔摩斯的猫正在物色一起住的室友,你见见他如何?和他搞好关系,在这一带生活会很方便的。不过他不太好相处……他倒也不是只恶猫,只是性格古怪,不容易亲近,他和别的猫之间,仿佛有堵看不见的墙。"

"看不见的墙……他叫喵尔摩斯,是吗?"

对于找室友一起住这件事,身为单身猫的我多少有些无法接受,但现在我也没有别的住处。

看来这只名叫喵尔摩斯的猫深得附近的猫们的信赖,让他记下我的长相和名字也不是坏事。

"我很想见见他!"

"好,那我准备准备!"

我和喵尔摩斯约定,晚上八点在鲣鱼之丘公园的水泥管堆上见面。

"您是从南边来的吧?"喵尔摩斯看了我一眼后随口问道。

他的目光锐利,全身散发着让人不禁后退几步的压迫感。

在华美的银色毛发的衬托下,他那双祖母绿的眼睛熠熠生辉。

他的气质可谓超凡脱俗,无疑,他是我的猫生中遇到的最帅气的猫。

原来如此!就是他的这种气场令其他猫难以与他亲近。此刻的我的确感受到自己与他隔着一堵看不见的墙,但我不想停下踏入这只猫的内心世界的脚步。

要一起住,我们就必须先成为朋友,而朋友间必须平等真诚。如果就此退却,我将无法与他成为平等真诚的朋友,于是我向前移动了一只猫爪的距离。

"确实如此……您跟别的猫打听过我的事吗？"

喵尔摩斯像被什么吓了一跳，他稍稍睁大眼睛，轻轻地"哦"了一声。

"没有。天气还凉，您的毛上却粘着虱卵，今天握爪就免了吧！"

"原来如此，我是只地道的流浪猫嘛……不好意思！"

我仰面躺在水泥管上，身体不停地与水泥管摩擦。

"这么蹭根本没用，你这样不用多久就会患上脂溢性皮炎。你应该注意一下，再怎么不喜欢水，也不能偷懒不洗澡。"

"脂溢性皮炎？我从来没听过这个名词……"说到这里，我终于回过神来了。

他怎么知道我不喜欢水？

"我们以前在什么地方见过吗？"

"毫无疑问，今天是我们第一次见面。"

"那为什么……"

"推理……不，只是观察。你的眼窝深陷，这是脱水的症状。倒不是说你的病有多严重，但在它发展成大病之前，请勤洗澡、多喝水！"

喵尔摩斯对我肌肤的光洁度、说话时可见的口腔内干涩状态等情况做了进一步说明，他甚至还用力揪了揪我脖颈儿处的皮毛，指出其缺乏弹性。

"这些证据足以说明您不喜欢水。"

"真令人惊叹,这简直就是魔法!"

"我说了,只是观察嘛!喵生先生……算了,不介意我叫你喵生吧?我决定了,你可以跟我合住!"

对我来说,他这个决定既让我高兴,又令我大惑不解。

"你为什么要跟会得那种病的我……"

"很简单,因为你是离家出走的猫嘛!这一带有很多流浪猫,他们不习惯跟人类一起住。因为我的个人原因,我无法接受适应不了与人类同住的合住猫。"

我大吃一惊,他怎么连我离家出走的事都知道?

"太失礼了!我不是说过吗?我是地道的流浪猫!"

"喵生君,有些场合是不可以说谎的。你刚才仰卧的时候,露出了去势手术的疤痕,这是你曾是家猫的证据之一,你的左耳没有小切口,说明你不是做过去势手术的流浪猫。我喜欢安静,不爱听猫发情时的叫声。这一点,你应该没问题,就这么定了!"

我哑口无言。

"喵生君,还发什么呆呀?快来!这里是猫集会的会场。今晚是猫月之夜,猫们很快就会陆续聚集过来。你这只新来的外来猫长时间逗留此处并非明智之举,对吧?"

"喵尔摩斯,这是怎么回事?"

"这都是为你准备的,喵生君!"

我被喵尔摩斯带进某栋公寓的一个房间里。

公寓的大门上有精巧的猫瓣门,屋里还摆放着猫粮和猫玩具。我们无视几只原住猫好奇的目光,用湿毛巾擦了擦爪子,"嗖"地跳过玄关的台阶。

我一进房间就被女大学生房主——"播本夫人"捕获,并被她带进浴室涂上了香波。

夫人身穿睡衣,头上扎着马尾辫,眼睛又大又亮,她那炯炯有神的双眼让我不禁想到猫的眼睛。

"喵生君,不必担心,夫人是个行家。"

"喵——"

"别乱动,小猫咪!从今天开始,你就是我的孩子啦!"

"小猫咪?小猫咪是个什么玩意儿?"

"喵生君,在夫人眼里,所有的猫都是'小猫咪',别计较啦!"

"她的动作很轻柔啊!可是……"

洗澡水不凉不热、温度适中,夫人的手指轻柔利落又不失优雅,这一切都令我感到吃惊。虽然我的脸被她洗得干干净净,但是眼睛、鼻子、嘴巴里却一滴水都没进。

我能看得出,夫人是在用最少量的水和香波,尽可能快地、尽可能小心地为我洗澡。

令人难以置信的是,连最不喜欢水的我也觉得洗完澡后神清气爽。

她给我洗澡时用的就是正宗的香波吗?她的确是个行家。

"好啦!变漂亮啦!接下来……"

"夫人的款待开始啦……"

"款待什么呀?"

眼前的一幕惊得我魂飞天外!

夫人右手拿着吹风机,用吹风机的风嘴戳了戳我的脑门儿,我随即仰面朝天倒下,夫人的手指尖轻柔地爱抚着我的肚子和下巴,我舒服得简直像飞上了天。

"喵呜……呼噜呼噜……"

不知不觉间,我的喉咙里发出呼噜声,就在我舒服得发愣时,她又给我掏猫耳朵、剪爪子,并给我戴上了内侧写有这里的地址和联系电话的项圈。

"我说得对吧?夫人是个行家!"

喵尔摩斯看着正享受着夫人款待的我,眼睛眯成了一条线。

"讨厌啊!爱怎样就怎样吧!"我什么都不想计较了。

接着,我又津津有味地吃光了盛在旧盘子里的猫食,这盘炸鸡口味的猫罐头味醇且多汁,似乎价格不菲。接着,我第一次喝上了没有杂味儿的干净水。

那水凉凉的,甜甜的……我太震撼了!

"这是水吗?太好喝了!"

"家里的净水器相当不错呢!"

所谓净水器,似乎是将水处理干净的机器。从前,我住在爱猫的老婆婆那狭小的家里,我以为被猫群围着的水盆中浑浊且带有血腥味的水就是水,而现在,我对水这种东西有了新的认识。

这样的水,每天喝也无妨!

饭后休息完,喵尔摩斯给我讲了一下这个地方的规矩。

"这里是厕所,你用这个黑色的猫砂盆。那个板是磨爪子用的,我不需要那玩意儿,还有……"

"够了,够了!"

"喵生君,你不高兴了?"

"当然!没想到你竟然有主人。我本以为会和你一起住在某个神社的屋檐下……喵尔摩斯,你为什么要找合住猫?"

"嗯……我想请你做我工作上的帮手。"

"工作?是什么工作?"

"用不了多久你就会明白……"

"小猫咪们!小猫咪们都不在吗?"

头发散乱的夫人已经换上了印有许多猫脸的粉红色居家服。此刻,她正在呼唤我们。

"夫人正在叫咱们呢!她肯定是想找陪她睡觉的伴儿。喵生君,你去看看如何?"

"开什么玩笑!"

"喵生,如果你自诩为猫绅士,就至少陪她一次,作为她给你饭吃的谢礼,这不是挺好吗?而且,夫人照顾猫睡觉也是个行家!"

"我从来没自诩为猫绅士,不过你说得也没错,就陪她一次!"

说老实话,我很久以前就想在床上睡觉了。

"你挺痛快嘛。那么,晚安。"

喵尔摩斯将放在安乐椅上的毛毯裹在身上,安乐椅好像是喵尔摩斯的专属位置。

"嗯……"

"哎呀,忘了跟你说……"

"什么?"

"喵生君,今后就拜托你了!"

"嗯。"

我伸出爪子,喵尔摩斯却只是轻轻抬了抬爪子。

他似乎还是没有跟我握手的意思。

我都洗得这么干净了!哼!

"好暖和啊!"

正如喵尔摩斯所言,夫人照顾猫睡觉也是个行家。

我躺在温暖的被窝儿里，肚子和下巴享受着天使般的抚摸，好久没睡得这么踏实、这么香甜了。

2

在接下来的一段时间里，我并不知道喵尔摩斯的"工作"具体是什么。

喵尔摩斯每天要么似睡非睡地听着夫人忘记关掉的收音机，要么在街上闲逛，要么在几处中意的砖墙上或滑梯上暖暖地晒太阳，要么一边发出"呼噜呼噜"的声音一边观察来往的人。我待在他身边，对偶尔开口说话的喵尔摩斯"喵喵"地附和几句。

时间飞逝，我对喵尔摩斯的情况有了个大致的了解，总结如下：

人气：在附近的居民中非常高。

猫拳：强。

欲望：无。

食欲：低下，但喜欢吃洋葱和巧克力。

知识：非常丰富。

尽管喵尔摩斯没有去势，而且又帅又招母猫喜欢，但他看起来没有一丝欲望。

他说：

"我没时间跟母猫寻欢作乐，猫拥有的时间少得可怜……唉，说了你可能也不理解……"

他的这番言论让我有点儿生气。喵尔摩斯的确很聪明，但他好像有点儿瞧不起别的猫。

也许正因为这样，他才没朋友吧，除了我。

至于喵尔摩斯的猫拳……他经常以夫人房间里的猫草①为对象苦练猫拳。

他的猫拳速度快、力量大，这证明喵尔摩斯绝非弱猫。

喵尔摩斯爱吃洋葱和巧克力——这倒是个问题。

喵尔摩斯怀中常备小洋葱片或小块巧克力，他会不时地将其摸出来大嚼特嚼。

每当这种时候，平时沉着冷静的他，或是拍着爪子大喊大叫，或是一边嘶吼一边搂抱着夫人的脚踝不松开，样子十分可怕。

我也知道洋葱和巧克力会危害猫的健康，于是多次以朋友的身份苦口婆心地劝他戒掉这一不良嗜好。

他总是强调："少量的洋葱和巧克力是我给大脑一定刺激的必需品，你们根本不明白！我的体质与众不同，这点儿东西对我

---

① 猫草：猫爱吃的草的统称。

来说算不了什么!"话虽如此,我还是每天将爪子搭在他的肩膀上,盯着他的眼睛不断劝说。

"没有哪只猫会不担心朋友的健康!"这话奏效了,至少在我眼前,他似乎不再嚼洋葱了。

我的友情改变了这只高傲且自恋的猫。

那只"天上地下唯我独尊"的喵尔摩斯在我的劝说下戒掉了洋葱的爆炸性新闻瞬间传遍鲣鱼之丘,我虽然是只新来的猫,但已在鲣鱼之丘的动物中成为独一无二的存在。

哈哈!

一天,我问在安乐椅上裹着毛毯的喵尔摩斯:"喵尔摩斯,你很喜欢人类吧?"

喵尔摩斯将他那双美丽的眼睛转向我。

"我确实喜欢人类,喵生,不过我是将人类当作'满足我求知欲的存在'而喜欢他们的。天天看他们都看不够,就算拥有猫类第一聪明大脑的我穷尽毕生精力,也仅能了解人类社会的冰山一角吧!"

猫类第一聪明大脑!哼!这家伙的措辞令我十分不快。

我真想对他说:"你太自命不凡了!"遗憾的是,他确实厉害,我无法这样否定他。

"所以你才不发情？子孙兴旺……你不想把你的基因留给后代吗？"

"嘿嘿，喵生，要知道母猫这种生物是会撒谎的。子孙兴旺？公猫和母猫一交尾，母猫就会怀孕，就会生小猫。小猫成年后再生小猫……这点儿事儿几百年前就有答案了，根本没必要再实验了嘛！"

喵尔摩斯身上似乎缺乏感情这种东西。

研究对象和非研究对象……他仅从这种角度看待生命，难道不可悲吗？

我突然觉得他很可怜。

他的内心一定是极为悲观的，他终此一生都不知道情为何物。

"你的工作是研究人类吗？"

"不，不是的。我的工作是……啊，咱们好像有活儿要干了！"

嘭！嘭！门外传来急促的敲门声。

"怎么啦？"

出入这屋子的猫都知道喵尔摩斯立下的规矩，来者进屋前要敲门。来者敲门不足为奇，但敲得这样又急又响，我还是头一次遇到，感觉这完全不是猫的所为。

"喵生，淡定！是警部吗？请进！"

"失礼啦，喵尔摩斯先生！"

"狗！"

一只满脸通红的狗从猫瓣门探进头来。

我大吃一惊,"噌"地跳起来,接着"扑通"一声向后摔倒。

"喵生,快站起来!我来介绍一下。这位是迷你雪纳瑞犬警部,二丁目①那座公馆的家犬。如你所见,他是只狗。警部,这个淘气包是喵生,我的搭档。"

狗?公馆?二丁目的公馆?

我知道!那里养了三只杜宾犬护院。在我的印象中,那座公馆里还养了很多小型犬!

无论对方是哪种动物,见面时打个招呼都是最起码的礼节。

我站起身,慢慢地点了一下头。

"哈哈,您就是喵生先生?久仰久仰……哎呀,不好意思,现在可不是慢悠悠地做自我介绍的时候!喵尔摩斯先生,有新案子了!请您务必协助我们破案!"

警部从猫瓣门探进来的头连连向这边低头敬礼。

这真令人惊奇,狗向猫低头敬礼!看来连狗都无比信赖喵尔摩斯。

"喵尔摩斯,这案子是……"

"喵生,稍后我再跟你解释!准备开工啦!警部,请您稍等!喵生,来,想了解我的工作就马上洗脸磨爪,带上一小块巧克力……算了,不用了,就算没那些刺激物,我现在也够兴奋了!"

---

① 二丁目:即第二个十字路口的意思。丁目就相当于街区。

原来洋葱和巧克力是刺激物啊……

什么"洋葱和巧克力在其他城市允许猫食用"啦,"它们是完全无害的灵丹妙药"啦,他以前瞅准我在这方面没什么常识就随心所欲地胡说八道。那些话果然都是歪理。

难怪有一次,我说完"既然如此,那让我也试试"之后,刚叼起洋葱,就被他以肉眼难辨的速度,一猫拳将洋葱打掉。

"喵尔摩斯,这是什么?喵尔摩斯!"

"来啦,喵喵!来啦,喵喵!"

喵尔摩斯"喵"地低声一叫,夫人就抱着一个写着"猫咪专用"的瓦楞纸箱跑了过来。

我还没来得及逃跑,就被夫人轻松地擒住。她随即用梳子梳遍我的全身,还从瓦楞纸箱里取出一个红色领结系在我的项圈上。

"这叫正装,喵生。我工作时戴领结,以后你也要这样!"

"喵!这是什么呀?脖子痒得难受!"

"打扮好啦!"

"真丢脸啊!"

太过分了!不光是我的项圈上被系上了领结,头上也被扣上了一顶小小的丝质高筒礼帽!这也太像只家猫了!以前,我曾自诩为自由的流浪猫,每次见到被迫穿衣服的狗和猫,总要嘲笑他们一番。而此刻的我,羞得连耳朵都抖起来了。

"很合身嘛,喵生君!从哪个角度看都是位很有派头的猫绅士!"

项圈上系着同色领结,头上戴着猎鹿帽的喵尔摩斯朝我挤了一下眼睛。

我和他的装扮竟然十分相似!两只猫的领结都是同款!这也太过分了吧!

我跟喵尔摩斯发牢骚,没想到他竟撇着嘴说:

"你的领结是番茄红,我的是钻石红,完全不一样!你太没品位啦!喵生君,咱们这就出发!警部应该安排马车……哦,犬车在外面等着咱们啦!"

番茄红跟钻石红……喵尔摩斯对颜色的叫法也太花哨了吧!这家伙!

"哼,管他呢!我哪里都敢去!我说喵尔摩斯,能说说你的工作到底是什么吗?"

"当然可以!喵生,快走!先去趟厕所!"

所谓乘坐犬车,不过是骑在狗背上出行罢了。

我骑在体形较小的迷你雪纳瑞犬警部的背上,喵尔摩斯骑在一只柴犬的背上,俩猫骑俩狗,尽管相当惊险,但因为从未体验过这种刺激,我不禁兴奋起来。

"喵尔摩斯,这是我第一次骑在狗背上!"

"喵生,很刺激吧!那我的工作以后再说?"

"别,你现在就说吧。你的工作是什么?"

"我的工作嘛……我是动物界第一个猫侦探!"

"猫侦探?"

"是的。想必你也清楚,跟人类社会一样,动物界里也有必须遵守的秩序与法规。以警部为首的动物警察,简称'动警',负责抓捕、处罚试图破坏这些秩序与法规的犯罪嫌疑人,而动警在侦查过程中遇到麻烦时找的顾问就是猫侦探,也就是我。"

"哦,你是受托办案啊!那样的话,就别叫什么猫侦探了,直接当个动警,助他们一臂之力,不是更好吗?"

"喵生君,我不是说过吗?我们拥有的时间少得可怜,我可不想被某一件事束缚住。我感兴趣的只是动警们难以破解的疑难案件,而且动警们非常优秀,大多数案件他们都能自行侦破。"

"喵尔摩斯先生,听您这么一说,我还真有些不好意思!"

警部摇着毛茸茸的尾巴,他应该很高兴吧。

他的尾巴弄得我屁股很痒,要是我出门前没去厕所,说不定现在就尿出来了。

"我可不是恭维你们,事实如此!"

"又来啦!"

喵尔摩斯的确不会说恭维话。

他那些称赞的话语都是肺腑之言,因此才能直击对方的心灵。

"警部,这次我们要去哪里呀?"

"啊,抱歉,刚才忘了告诉你们,各位要去的'鲣鱼之边公寓'在稍往前一些的那条街,有点儿远。"

"那里怎么啦?"

"死了一只狗,他死得很蹊跷……喵生先生,不要紧吧?我们现在要去看的可是尸体啊……"

"啊,应该不要紧。"

说老实话,我没有自信直面凶案现场,血这玩意儿确实有点儿……

我当流浪猫时曾在旅途中见过满身是血的乌鸦尸体,虽然不想看,可闭着眼睛走路又容易撞到电线杆上。

当然,我并不胆小。

我正为自己辩解时,喵尔摩斯已经注意到我的脸色很难看,他用一种极为少见的关切的语气说:

"喵生君,没关系,看尸体也不是常有的事儿,你的反应很正常,或者说,你的反应是值得自豪的。"

"是呀。"

被他安慰一番后,我反而有点儿无地自容了。

顾名思义,"鲣鱼之边公寓"位于鲣鱼之丘边界附近的一条街上。

我们在路旁车来车往的人行道上停下来。

"我叫巴斯卡,如您所见,我是只流浪狗。请一定要抓住杀害我弟弟的凶手!"

提出这一要求的流浪狗巴斯卡瘦得皮包骨头。他身材高大,但全身上下脏兮兮的。

与耷拉着的耳朵和呆滞的双眼形成鲜明对照的是他那沾有血迹的锋利牙齿,那牙齿令我不寒而栗。自称流浪猫来扮酷的我根本无法与他相比,他给我一种"为了活下去而不择手段的真正的流浪动物"的印象。

巴斯卡身边有一堆被一块落满苍蝇的茶色的布盖着的东西……恐怕这就是尸体吧!

"你好,巴斯卡先生,我是喵尔摩斯,这位是我的搭档喵生。"

"喵尔摩斯先生,久闻大名!听说您相当聪明,动警束手无策的案子,您眨眼工夫就给破了……请一定要抓住杀害我弟弟的凶手!"

"凶手?"

"对!请看这里!"

"哦！"

巴斯卡掀开布，死状惨不忍睹的狗尸体出现在我们的眼前。

"我弟弟比尔……"

比尔的尸体眼球突出，四肢不自然地扭曲，脏器从身体中流出。我拼命忍住呕吐的欲望，差点儿把刚才梳理毛发时吞下的毛球吐出来。

"自行车或小摩托车不至于撞成这样，如果是被卡车撞了，他的状况会比现在的状况更严重……"

动警的警部皱起眉头，喵尔摩斯却在尸体前面不改色。

他一会儿围着尸体转来转去，一会儿吸着鼻子嗅嗅气味，一会儿捡起落在远处的石头模样的东西仔细观察，不知是何用意。他先是目不转睛地盯着套在比尔腿上的红色圆环一动不动，接着又连连点头。

他不会真的打算抓住凶手吧？为了避免被巴斯卡听到，我压低声音，对喵尔摩斯耳语道：

"喵尔摩斯，不太可能抓住凶手吧……这里每天来来往往的车辆这么多……"

"确实有难度，这次可能得认输了。"喵尔摩斯举起爪子说道。

"喵尔摩斯先生，我们也这么觉得。这案子实在太不可思议、太罕见了，所以我们才把您请来。"

"不可思议？罕见？"喵尔摩斯扬起一侧的眉毛。

他大概在思考跟我同样的问题。

"虽然在死者亲属面前说这话不太好,可事实上,流浪动物在路上被撞死的事故并不罕见。"

很遗憾,这确实不罕见。

不知道人行道与车行道的区别,不知道被车撞后可能会死……这样的动物为数不少。

"是这样,喵尔摩斯先生,有一点非常奇怪,这具尸体,也就是死去的比尔,在一点点地移动。"

"你说尸体在移动?"

"嗯,比尔在一点点地朝我们的住处移动。"

"你说什么?"

"竟然有这么荒唐的事情!你是说尸体会走路吗?"我不禁惊叫道。

"是的,比尔死后还想回到我们那充满回忆的住处……呜,失礼了!我忍不住了……"巴斯卡仰起头来,擦干泪水。

"尸体会走路?太荒唐了……喵生君,这的确是个不可思议的罕见的案子!"

"尸体会走路!"

与因恐惧而后背发凉的我截然不同,喵尔摩斯目光炯炯,"噌"地竖起尾巴,对搓着两只前爪,他似乎很高兴。

一只狗死了,他却这么高兴,实在是太失礼了!

这时的我暗自琢磨,跟这家伙做朋友也许是个错误。

3

喵尔摩斯说:"巴斯卡先生,不好意思,你能把事情的来龙去脉跟我和这位喵生讲讲吗?"

巴斯卡说了声"当然",便激动地讲起了案件的始末。

"五天前,我们兄弟俩吵了一架,我弟弟一气之下离家出走,不知躲到哪里去了。"

"嗯……"

"我们兄弟俩吵架拌嘴是常有的事,我当时并没特别担心,因为他一到晚上就会带着一脸歉意回来。"

"他那天没回来?"

"嗯,我左等右等也不见他回来……我实在太担心了,就向动警提交了寻狗申请。这条路前头不是有个被高墙围起来的大停车场吗?比尔就是在那里被发现的,太惨了……我后悔死了!我就不该和他吵架!"

"哦……"

"那天我接着就回家了。"

听到这里,我心里"咯噔"一下,直截了当地问巴斯卡:

"您回家了?您没有埋葬他?"

"埋葬?那是什么意思?"

我给他讲了讲什么是埋葬。

"哦,那是人类的做法吧!我们这些流浪动物死后通常都是被虫子吃掉,回归尘土,所以我那天夜里就回家了。流浪者嘛,为了活下去,水和食物都得靠自己找!比尔在回到住处前还不会完全死去啊!"巴斯卡转向我,恶狠狠地答道。

他一张嘴说话就露出暗红色的牙龈和令人毛骨悚然的牙齿。他说到最后,从他的嘴角流出的黏糊糊的口水"吧嗒"一声滴落下来,我吓得瑟瑟发抖。

我语无伦次地说了一些莫名其妙的话。

"是……是吗?巴斯卡先生,祝您长寿!请接着说……"

我深知流浪动物有流浪动物的规矩。

我想起以前的主人——那位老婆婆。

每当有猫死去,老婆婆就把死猫埋在院子里,然后抬起布满皱纹的手在胸前合十,嘴里念叨着"南无阿弥陀佛"。

我并不喜欢老婆婆,但不知为什么,我却很喜欢老婆婆那时的样子。

像我这样认为"动物死后也应该埋葬"的动物,应该算是少数派吧。

"我决定每天都去看看比尔,直到他被虫子吃光。结果,喵尔摩斯先生,第二天我来停车场一看,发现停车场里的比尔竟然向我们的住处的方向移动了十辆车的距离!"

"啊?"

"十辆车的距离?按人类的长度单位来说,那差不多有几十米了。这真是不可思议!"

"我不知道'米'是什么玩意儿,当时我吓了一跳!按照动警的说法,他不可能是被什么动物叼着移动的,没有那样的痕迹,而人类又没理由移动他的尸体。"

"嗯……没有吗?请接着说!"喵尔摩斯似乎欲言又止。他可能想先把他的话听完吧。

"那天,我一直陪比尔待到天黑,第二天,我又来看比尔……这次他越过停车场的围墙,移动到了草丛里!我恍然大悟:比尔是想回家呀!比尔的魂魄在这里啊!"

我的后背开始发冷,这实在太恐怖了!慢慢地,我后背上的毛发全都竖起来了。

我往喵尔摩斯的身后退了两步,将自己的窘态遮掩住。

啊,我不想再听了!

我正想打退堂鼓,喵尔摩斯突然靠近我耳语道:

"他是动物中少见的灵魂论者啊!莫非他以为有什么'幽灵'?要是他信这个的话,更应该埋了死者啊。"

"幽……幽灵?"

幽灵……我也有所耳闻。

据说,那就是没了腿的死猫或死狗以半透明的状态飘来飘去……就算不相信这些鬼话,我也本能地觉得那东西是个可怕的存在。

"可今天,比尔居然移动到了这里……"

"它移动到了草丛旁边的路上吗?移动距离比第二天跟第

三天短了不少啊!有一辆车的距离吗?"

"距离什么的已经不重要了!喵尔摩斯先生,您能想办法抓住凶手吗?"

"巴斯卡先生,这很难说啊!比尔先生的旅程到今天就结束了,请埋葬他吧!我们会尽全力追查凶手的。"

听喵尔摩斯这么说,巴斯卡又冲他做出刚才朝我做出的那种可怕的表情。

不知是不是无意识行为,巴斯卡突然嘶吼起来。

我们这边只有一只迷你雪纳瑞犬、一只柴犬和两只猫,论武力,我们远不如巴斯卡。要是巴斯卡胡闹起来,后果不堪设想,而喵尔摩斯对他的举动毫无畏惧。

"啊,你好像很不愿意埋葬他啊。"

"对,这事没商量。我要一直守着比尔,直到他回到我们住的地方……"

"是这样啊……我可给过你忠告了!喵生君,咱们现在去第一现场!"

"好的!"

"警部,停车场里的车辆应该都调查过了吧?"

"当然,没发现沾有比尔气味的车辆,凶犯应该是碰巧用了这个停车场的人吧!"

"不,不可能。"

"喵尔摩斯,感觉你说得很轻松啊,凶犯是谁?你好像已经有怀疑对象了啊。"

"嗯,大致是有了。"

"你说什么?"

"光是问几句话就有怀疑对象了?喵尔摩斯先生,那现在就请您说说吧!"

"我怀疑的那个家伙应该是移动过尸体!我不想说得太含糊。走,去停车场!"

"凶手移动过尸体?荒唐!比尔是自己想回到我的身边的……"

"喵生君?"

"嗯?"

喵尔摩斯没理会惊讶不已的警部和不知所措的巴斯卡,又对我耳语道:

"我正犯愁呢……这次结案的时候,该不该将真相和盘托出啊……"

"喵尔摩斯,你太厉害了……不过,比尔的旅程真的是今天结束吗?"

"嗯,没错!我也不想说这话……真郁闷啊,喵生!"

我们来到"鲣鱼之边"公寓的停车场。

"喵生,这里是需要签约才能使用的停车场吧?"

"需要签约才能使用的停车场?"

"嗯,需要签约才能使用的停车场是只有跟管理者签过合约的用户才能使用的停车场。这里有闸门,仅凭这些就能大体排查出凶手。"

"真的吗?"

原来这里是需要签约才能使用的停车场啊!

为什么喵尔摩斯如此了解人类世界?

"这点你也应该知道,这要靠平日多观察人类才能做到。喵生,对吧?"

"什么?你这是在读我的心吗?"

说这家伙能读心也不奇怪。他不会真的是魔法师吧?

"是观察到的,喵生!你的想法都写在脸上了,仅此而已。嗯……看这条路!"

我的想法都写在脸上了!

我有自知之明。

我本想不动声色,但是想法马上就都体现在表情上了。

如果注意力不够集中……我用爪子"啪啪"地拍打着双颊。

我打起精神来了!

"相当长的直线距离啊!"

"是啊!这么长的距离,车开得肯定很快!看,那里就是警部说的发现尸体的现场。在这里被撞飞到对面,那里是第二天比尔所在的某个签约用户的停车位……哎呀!"

"危险!"

突然,一辆行驶速度极快的车猛地急刹车,正好停在我们身边。

"又是狗!哦,还有猫呀!滚出我的停车场!去!去!"

驾驶座旁边的车窗玻璃摇到了底,一个老人探出身子,他的脸涨得通红,手掌"嘭嘭"地拍打着车门。

太可怕了!我好不容易运足气力绷起来的脸瞬间被打回原形。我又变回软弱的样子,腿也在发抖。

"喵尔摩斯,怎么办?"

"该看的都看过了,撤吧!"

见我身子瘫软,喵尔摩斯用头顶了一下我的屁股。

这多少给我鼓了点儿劲儿,我好歹能跑起来了。我们被那辆车驱赶着,从大门下面钻出来,逃到了停车场外。

"我说警部……"

"什么事?请吩咐。"

"刚才那位老人是这个停车场的管理员吧?"

"管理员?你是说那个叫土居的人吗?我不清楚,不过他总是在这里。你怀疑凶手是土居吗?"

"不好说。"

"喵尔摩斯先生,说老实话,我很讨厌他,不过他不可能是凶手。为什么这么说呢?因为他的车锃明瓦亮,不像出过事故。当然,我们已经做好调查的准备了。"

"请尽快调查,最慢不要超过一个月。请仔细查查他的车,说不定车上还粘着比尔的毛发呢!"

"你还是怀疑他吗?喵尔摩斯先生,您不是已经弄明白尸体移动的原因了吗?"

"嗯,算是吧。"

不知为什么,喵尔摩斯的表情很阴郁。

"知道了不该知道的情况,该如何面对这一事实呢?"从他一脸烦闷的样子,我猜出了他的心思。

"喵尔摩斯,把事情说清楚吧!"

"喵牛,世间有些事还是不知道为妙。好啦,回去吧!警部,我们走回去。巴斯卡先生,请多保重!"

"回去!"

这真令人难以置信!我觉得这只猫太缺乏诚意了!

"喂!喵尔摩斯,警部和巴斯卡可是在委托你查案啊!你至少给个解释嘛!"

"大家还是不知道为好!就说这些!回家!夫人要担心我们了。"

"喵尔摩斯!"

"啊,对了,巴斯卡先生,比尔左腿上套着一个红色圆环,对吧?"

是吗?看到比尔死状惨烈,我的心情极坏,早把这个细节忘到脑后了。

"对,那是人类丢弃的一个不值钱的玩具,它滚落在草丛里,比尔却喜欢得不得了,玩来玩去,不小心套在腿上摘不下来了……那又怎么样?"

"他看起来难道不像家犬吗?"

腿上套着红色圆环的狗……看起来的确像是家犬啊!

或者说,他只能是家犬,因为流浪狗通常不会在自己的腿上套上个圆环。

"喵尔摩斯先生,这话太失礼了……"

巴斯卡怒目圆睁,瞪着喵尔摩斯。称流浪狗为"家犬"是一种冒犯。

瞪着喵尔摩斯的巴斯卡样子狰狞恐怖,而被瞪着的喵尔摩斯却显得满不在乎。

他还真能承受得了那种眼神。

这是因为喵尔摩斯对自己的战斗力很有信心吗?

"这一点可能非常重要。啊,流浪狗也在劫难逃?这家伙太笨了……这样就可以了?不可能,从结果上讲没什么区别……白忙活一场啊……"喵尔摩斯自言自语着,大步流星地往前走,似乎真的打算回去了。

"一边走路一边思考问题效果最好,喵生,对吧?"

"你给我听着!"

我把我能想到的恶言恶语都用上了,对喵尔摩斯大骂一通,而他只是"喵呜、喵呜"地嘀咕着,我的话好像根本没进他的耳朵。

第二天,如喵尔摩斯所言,比尔的尸体消失了。

4

比尔的尸体突然消失后的一周里,喵尔摩斯冷漠地赶走了前来寻求说明的巴斯卡和警部。我被他那毫无诚意的态度彻底激怒,随即跟他开始了冷战。

他跟我说话,同样的话他必须说两次才能得到我的回答,第一次我肯定不搭理他。

这是我唯一能对他表现出来的反抗。

今天,虽然心有不甘,但是我不得不主动发声了。

"喵尔摩斯,听警部说,土居的车回来了,之前我们看到的那辆车是辆'代车'[①]。事故车好像开出去修理了,现在事故车检测

---

① 代车:车主的车在维修或清洁期间,车行提供给车主的代用车辆。

出了比尔的毛发,这样就确定凶手是土居了吧?"

"嗯,你也够倔强的啊,闹了一个星期的别扭……你这样来跟我说话,表示你已经闹完别扭了吗?"

闹别扭……我真想怒斥他一番。

"才不是呢,除非你亲口解释……你要是不说,我就不跟你做朋友了!"

其实我只是开玩笑,我以为就算说不跟他做朋友,他仍会像巴斯卡冲他咆哮时那样满不在乎,然而没想到喵尔摩斯却像是受到了不小的刺激。

他双眼圆睁,嘴半张着。

我第一次见他露出这种表情。

"你保证不生气的话,我讲给你这个朋友听听也无妨。"

"不生气。"

我没什么可生气的。

"好吧,那么咱们去公园吧!"

我们到了初次见面的公园,喵尔摩斯跳上水泥管堆,站直了身子。

他那威风凛凛的样子完美得令我连忌妒都感觉不到了。

"如果我们动物被车撞死了,尸体就会被人类视为废弃物,也就是垃圾,然后被处理掉。"

"你说什么?"我厉声叫道。

"喵生,咱们不是说好不生气嘛!"

不生气是不可能的,我觉得自己的血管因愤怒而发出"咕噜咕噜"的血液流动声。

"动物的尸体怎么会是废弃物?"

"因为那是对人类没用的东西。"

"人类有什么了不起的!被当成废弃物,还不如像巴斯卡说的那样,让尸体被虫子吃掉回归尘土呢!"

"请先冷静下来,喵生,不然这话根本说不下去。"

"好吧!"

我做了几个深呼吸,总算平静了一些。即便如此,我的鼻子还是呼呼地往外喷着气。

"对人类来说,地球上所有的地方都属于他们,碍事的东西都是垃圾。有用的动物他们就利用,可爱的动物他们就饲养,好吃的动物他们就吃掉……非常残忍。"

"那你为什么要研究人类?"

"现在要谈比尔,不是吗?"

"是啊。"

"对他们来说,被撞死的动物的尸体就成了废弃物。鲣鱼之边公寓的停车场上有一堆名叫比尔的废弃物,可以这样说吧?"

"接着说!"

"这种情况该怎么办呢?该负责清理的机构接手处理了。"

"清理……"

我们死后还真就成了人类的废弃物了。

我白白生了一肚子气,现在才算彻底冷静下来。

"给那个机构打个电话就有人收拾了,凶手为什么要移动比尔的尸体呢?"

"为什么?"

"那里如果在他的管理范围之内,联系、处理动物尸体等事宜必须由他去办理,这就要管理员土居去办。土居没打电话,却将比尔的尸体移动到了私家车位上,也就是他的管理范围之外。"

"为什么?"

"我想,他大概是觉得把尸体移到私家车位上就可以推卸责任了,因为死狗被放在了私家车位上,车位的主人不可能坐视不理。"

"太过分了!"

"确实过分,其实这样做毫无意义。尽管没有证据证明是他撞死了比尔,但如果比尔只是在停车时被卷入车底,尸体不会看起来那么惨。其他居民要是把这件事报告相关部门的话,土居最终还是会被追究管理责任。"

"土居意识到这一点了吗?"

"不可能意识不到吧。停车场的用户应该是投诉过了。于是他又慌里慌张地将比尔的尸体移到了停车场围墙外的草丛里。"

"他这样做就只是为了逃避管理责任?"

"是的。遗憾的是,就算尸体移出了停车场,想必也难逃管理责任,因为停车场围墙外的草丛还是属于停车场的地皮,除非尸体被移到人行道上。"

"人行道?怎么讲?"

"人行道属于公共道路。他将比尔的尸体扔在人行道上,有人举报的话,负责清理的机构就可以将其处理掉。土居将比尔的尸体移到自己的管理范围之外,当然也就不会被追究管理责任了。"

"因此,你才说比尔的旅程到今天就结束了?"

"是的。事实上,尸体不在那里了。不知是谁给相关机构打了电话,尸体被人清理掉了。"

"你全都知道了啊!"

"'灵魂''幽灵'什么的我都不信!如果比尔的尸体移动了,那肯定有使它移动的东西,因为没有动物咬住拖动尸体的痕迹,所以我推断是人类移动了它。在只有签约用户才能使用的停车场上,竟没有车辆有比尔的血迹、毛发和一丁点儿气味,所以很可能是车主将事故车辆交给维修清洁人员了。那么,驾驶代车的人很可能就是凶犯。再就是尸体的移动路径和那个红色圆环……"

"你从那个红色圆环上发现了什么?"

"喵生君,流浪狗被车撞了,有人报警,警察有时也会出动,但凶手没有报警,为什么?因为他以为腿上套着红色圆环的比尔是家犬。"

"比尔是家犬又怎样？"

"家犬被撞，其主人可能会追究凶手的责任……他应该是怕麻烦，想逃避责任吧！"

"这才是比尔的尸体移动的真正原因啊……"

"凭这点，我怀疑土居就是凶手。"

"太可悲了……这样的真相真没法儿跟巴斯卡说啊！"

这世上既没有"灵魂"，也没有"幽灵"。

凶手土居夺走一条生命，为逃避责任，他竟多次丢弃比尔的尸体……

"所以说，巴斯卡还是不知道真相比较好。"

"原来如此，我总算理解你的心情了，对不起……"

我误解了喵尔摩斯。

即使失去警部和巴斯卡的信任，即使要面对我的冷暴力，喵尔摩斯也还是守口如瓶。为避免引起我们的愤怒和伤感，他最终将真相藏在心里。

"不过，喵生，刚才说的只是我的推理。除了土居，凶手既有可能是毫不知情的签约用户，也有可能是将尸体遗弃在停车场的外部人员。我们无法像人类那样利用机器进行深度调查……任何可能性都存在。"

"但土居的车上粘着比尔的毛呢……"

我总算明白了，喵尔摩斯其实是希望凶犯并不存在吧！

他那填满洋葱和巧克力的大脑的"推理饥渴"已获得满足,这就足够了。

拥有不凡的大脑的他也有他的苦恼吧!

"回去吧,喵生。抱歉,让你也背上了沉重的精神负担。"

"你不必道歉,是我硬逼你说的……"

"喵生君……"

"嗯?"

"我们可能算是'在生命与废弃物之间的生物'吧。"

"什么意思?"

"就是字面的意思。作为生灵的我们无法像人类那样获得尊重,死后便是垃圾……是谁在那里?"

树丛里发出"沙沙"声,接着就是疾奔而去的脚步声,声音很快就消失了。

那是个脚速相当快的家伙啊!

"咱们的对话被偷听了吗?不过没关系,不知内情的人听了也听不明白。"

"那就好……"

偷听了我们对话的巴斯卡疯狂撕咬土居,致使土居身受重伤、生死未卜,而巴斯卡则被人们捕杀。

不久之后,我们便听到了这些传闻。

🐾

"是我的失误!我没想到咱们的对话会被巴斯卡偷听!"

喵尔摩斯深感自责,情绪极其低落。

"喵尔摩斯,不是你的错。土居撞死比尔什么事都没有,巴斯卡咬他却被人们捕杀……"

这个世界的规则是以人类为中心的,我心有不甘却不得不面对现实。

"喵生,即便如此,我仍不会放弃研究人类。人类无疑拥有比我们更强大的力量,而且这种力量还可能进一步增强。我相信总有一天,人类会将这种力量的好的一面奉献给大自然和动物,有人也开始这样做了。是的,就像她一样。"

喵尔摩斯用爪子指了指我们的主人播本忍小姐。

"为什么……猫儿只愿跟随你……"

"她唱的是什么呀……"

我不清楚她为什么这么开心,夫人早晨总是特别吵闹。

她摇头晃脑,手舞足蹈,动作极快地跳着莫名其妙的舞,唱着莫名其妙的歌。

她上身穿着T恤衫,下面穿了一条短裤。

虽然经常赤身裸体的我点评她的着装有些不妥,不过她这穿着也太不成体统了!希望她快点儿换好衣服。

虽然我们猫害怕声音太大、动作太夸张的人，但夫人这些奇怪的言行，我竟可以忍受。

尽管我反感她的这些言行，却无法讨厌她，这大概就是喜欢吧。

这里的猫都是这么想的。

今天也有很多猫聚集在她的身边，有讨饭吃的，有要水喝的，也有被带进浴室按摩后才离开的。

的确有像夫人这样的人。

"也许还有值得信赖的人。"我暂时还不能丢掉这样的想法。

"咦？"

我听到一直开着的收音机里有两个女人正在聊一个很有意思的话题。

"……是出现在喜爱动物的人面前，带来幸运后又离去的幸运猫。"

"莫非是招财猫？如果你友善地对待出现在你面前的猫，猫可能就会带给你幸运……"

招财猫啊！

人类只在对自己有利时才把猫当作吉祥物。

"我认为这只是巧合罢了……"喵尔摩斯嘟囔道。

"巧合"是什么意思？

关于幸运猫，他知道些什么吗？

"猫带来幸运——这也是个值得研究的课题。我也想像招财猫那样给夫人带来幸运,当个招财猫也不坏。我对她的研究兴趣正浓,又遇上了颇有人情味的喵生君。我可没有你这种人情味。住在这里很安逸啊。"说着,喵尔摩斯飞身跳上他最喜欢的安乐椅。

我也跟着他跳起来,虽然很勉强,但总算跳上去了。

"喂!我有'人情味'是什么意思?'住在这里很安逸'又怎么讲?你以前是流浪猫吗?"

喵尔摩斯只是眯起眼睛,没有回答我的问题。

不知为什么,他向我伸出了右爪。

这是什么意思啊?我以为能拿到什么东西,便也伸出了右爪,喵尔摩斯用他自己的右爪使劲儿按了按我的右爪。这叫"猫握手"。

"看来你以前没这么做过。"

"确实如此,你拒绝了。"

"你耿耿于怀啊!我不是那个意思,我的心和外界之间有一堵看不见的墙,但你很轻松地翻墙而过了。你是第一个斥责我的动物,也是第一个带着人情味跟我说话的动物。尽管你没注意到,这些事都令我又震惊又开心。我觉得你的人情味总有一天会拯救我和其他人。喵生君,今后也请你多多关照。"

这个油嘴滑舌的家伙!

不过,他平时倒真是不会说恭维话,这些应该是他的肺腑之言。

这只绝顶聪明的猫都把话说到这个份儿上了,我是不是该说句"请你多多关照"呢?

"也请你多多关照啊!"

"嗯。"

"糟啦!都这个点了,上课要迟到啦!小猫咪们回头见!今天也要乖哦!"

夫人连袜子也没穿,用橡皮筋儿束起长发便出了家门,连门都没锁。

她嘴里叼着面包的样子十分滑稽,我不禁笑起来。

喵尔摩斯也开心地眯起了眼睛。

"我们也开始今天的生活吧!平平安安地过完这不特别、不新奇、波澜不惊的一天之后,喝一些顺滑爽口的水休息一下!"

"就这么办!"

"讲完了……"

"哇——"

我讲完和喵尔摩斯相遇的故事以及"在生命与废弃物之间"这个案子,一直鸦雀无声的观众爆发出欢呼声。

没想到我的演讲这么受欢迎。

"喵生先生,请在下个猫月之夜也讲点儿什么吧!"
"警部,别开玩笑了,也别叫我先生。嘿嘿!"
任务完成,放松下来的我已经疲惫不堪。
无数爪子发出了经久不息的掌声。

珍贵的莎草纸

1

猫月之夜。

许多动物又聚集到鲣鱼之丘公园来听我讲喵尔摩斯的故事。

观众形形色色,有猫,有狗,有鸟……哎呀,连蛇都盘成一团藏在其他动物中望眼欲穿地等着我讲故事。

猫月之夜实在神奇,在这天夜里,既没有捕食者,也没有被捕食者。那么今晚就讲讲那个案子吧!

那个案子是在喵尔摩斯听说"在生命与废弃物之间"一案中的巴斯卡被捕杀后患上"猫闲症"时发生的。

通过这个案子,我对人类有了一些新的认识,而喵尔摩斯则充分地展示了他作为幸运猫的实力——将普通的莎草纸变成了"珍贵的莎草纸"……

🐾

这段时间,喵尔摩斯似乎得了猫闲症,这种病类似人类会得的抑郁症。

囚无法拯救巴斯卡而受到刺激的喵尔摩斯整天唉声叹气,他食欲全无,外出减少,总是待在他最喜欢的安乐椅上咕哝一些毫无头绪的数字。

喵尔摩斯没完没了地念叨的数字其实是圆周率,好像并非一点儿头绪都没有。

对我来说,这倒也没什么。

"总体来说……"

"嗯?"

"没什么……"

"喵尔摩斯?啊……"

他又开始咕哝圆周率了。

我烦透了,便全神贯注地听起一直开着的收音机来。

在一个叫《平安医生》的节目中,我听到"给动物打针"这几个字,我不禁颤抖起来。

随后,夫人和她的手提包出现在我的眼前,我又舔起了爪子。

哎呀,真是的!

"啊,那种事儿……"

"那种事儿一瞬间就结束了,喵生。家猫必须打疫苗,忍耐一下就好。"

"我当然知道家猫必须打疫苗,但是那种紧张的气氛……"

说到这里,我的后背窜起一股寒气。

他怎么知道我刚刚回忆过自己以前在医院打针的事?

"喵尔摩斯,你在读我的心吗?"

"你太大惊小怪了,喵生,这不过是简单的推理。你想让我揭开谜底吗?"

"说给我听听!"

"视线。"

"视线?"

"嗯,你刚才在竖着耳朵听收音机……这是个医疗节目,对吧?你听收音机时联想到了兽医。"

"没错。"

那是个恐怖的日子!那兽医是个白发老者,我以为自己肯定能挣脱掉,结果我大意了,几个年轻男人突然出现,硬生生地将我固定住,老者手上的注射器慢慢逼近……喵!我不愿再想起那一幕了,那是我心头的一道伤疤。

"接着,你一脸厌恶地看看外出用的手提包,又将愤怒的目光转向夫人,由此可见,你在回想那天被带到兽医那里的事儿。"

"原来如此,按你这么说,读心倒是挺简单,不过……"

"你想问我是怎么知道打针的事儿的,对吗?因为刚才你一脸悲伤地盯着自己的爪子狂舔起来……我想,那里应该是你最后被注射针剂的部位吧。"

"啊,确实如此……"

他的推理能力真令我震惊!他尽管情绪低落,但仍不愧为猫侦探。

喵尔摩斯只是追踪着我的视线便窥探到了我的所思所想。

"真受不了你那种惊讶的表情。"

喵尔摩斯突然站起身来。

看到我这种惊讶的表情后,他像是有了点儿精神。

虽然我的心里有点儿不痛快,但好友的精神好起来了,对我来说也是件喜事。

太好啦!

我缓缓地躺下。

"你能打起精神来,真是太好啦!"

"喵生,你真是只老好猫!脑袋里的想法被窥探,你应该会觉得不痛快吧……"

"也许吧……"

我倒是挺开心的,我应该不痛快吗?

"去散散步吧!"

喵尔摩斯将夫人买点心时商家赠送的一个约三厘米长的玩

具烟斗藏在了皮毛下。

❧

"在古埃及,莎草纸被当作纸来使用……你在听吗?"

"在听……古埃及,莎草纸,就是纸,听到了!"

公园里,喵尔摩斯一边摆弄玩具烟斗,一边嘟嘟囔囔地唠叨着一些极其难懂的话,我适当地附和他。

这家伙说的话我大多理解不了,这令我有些惭愧。

像我这样的猫根本……不,不光是猫,我觉得应该就没有动物能说出跟他同等水平的话来。

除了莎草纸,他还提到了"摩天塔"和"英语"。

摩天塔好像是喵尔摩斯以前的主人住的地方,那里没有鲣鱼之丘这样的乡村,几乎都是高耸入云的高楼大厦。英语则是一个遥远的国家使用的语言,那个国家在大海的另一边,既不是城市,也不是乡村,而是一个国家。日本人虽然不是那个国家的人,但日常生活中也会用到英语。我们猫通过听人们说话或通过看电视(夫人家里没有电视机,但有收音机)听到英语,在不知不觉中,也学会了几句英语。

这真令人难以置信,但如果属实,那可就真是"unbelievable"[①] 了。

[①] unbelievable:原文为英语的日式发音,意思是"难以置信的"。

"顺便说一句,摩天塔的英语是 Tower Mansion[①]。"

"总之,世界上有各种各样的语言,这样说对吧?"

虽然这只是相当笼统的概括,但喵尔摩斯似乎对这个回答很满意,他点点头说:"说得对,语言这玩意儿也还是个谜。"

"可那摩天塔实在令人难以置信,那是几乎顶到天上的高楼大厦。人住在那么高的地方不害怕吗?人类又不是鸟,人类在地面上没有天敌,为什么要住在那么高、那么不方便的地方呢?"

摩天塔上有空气吗?有吃的吗?有水源吗?

如果让我去住,无论房间多么舒适、主人多么和善,我恐怕也撑不了三天。要爬上去,不管有多少体力都不够,光是这么想象一下就让我摇头叹息了。

"哈哈,喵生,你又在唉声叹气了,你脑袋里的东西又都显露出来了啊。我是靠非凡的脚力和观察力过上舒适的生活的。推理需要观察与认知,你在这方面有所欠缺。你有信心在这方面提升一下吗?你可以试试,相信我。"

"没那么简单吧!现在开始学习观察、获取新知识对我来说太难了,喵尔摩斯,我已经不年轻了。"

对四岁的我来说,积累新知识是种痛苦。

现在再从头学起太晚了。再说,脚力跟推理也没什么关系吧!我就是单纯地不喜欢这些东西,太麻烦了。

---

① Tower Mansion:意思是"高层公寓"或"塔式公寓"。

"并不是要你走遍全日本去获取知识,只在鲣鱼之丘附近转一转,了解一下自己住的地方,你就会有很大的进步。"

"不会吧!"

"你还不明白吗?比如,你总是从公寓的门口跳上紧挨着的台阶进屋,对吧?你可以偶尔改变一下回家的路线,看看结果会如何。"

"那样做会怎样呢?"

"你会体验到不同的乐趣,然后你就会知道,稍稍改变一下日常生活,其实是一场巨大的冒险,你刚才的那些疑问也会迎刃而解。"说着,喵尔摩斯又叼起烟斗。

对特别喜欢吃洋葱的喵尔摩斯来说,戒掉吃洋葱的习惯可能是极为痛苦的,于是他只得吸这只玩具烟斗。

"不说这些了,喵尔摩斯,戒洋葱还顺利吧?"

"啊,有你严格的监督嘛!不过,我觉得不嚼嚼洋葱条,这脑袋就……"喵尔摩斯目不转睛地看着我。

我再迟钝也能明白他将这恳求的目光投向我是想表达什么意思。

他是在请求我废除"洋葱禁食令"!

"很遗憾,喵尔摩斯,别再吃洋葱了!显然,猫吃洋葱百害而无一利。戒掉吃洋葱的习惯后,你的毛色也变得更好了……再坚持一下吧!"

"啊……是的,喵生,这就是观察与认知啊!"

说服喵尔摩斯并使其听从我的安排固然愉快,但我也觉得他有点儿可怜。

其实我也正在考虑是否该取消洋葱禁食令。

戒掉洋葱的喵尔摩斯风度翩翩,可以说是一只"拥有梦幻般眼睛的绝世美猫"。别说母猫了,连人类都对其外貌赞不绝口,这使得经常与他一起出门的我颇为不爽。

但是他的健康是最重要的事,还是让他继续戒洋葱吧!

我的忌妒不足挂齿。

"对了,夫人最近好像也总算安稳下来了,试试夫人缓解精神紧张的方法如何?"

夫人这几天总是带着书和锅进进出出,忙得不可开交,不知道在忙些什么。不过,她最近看起来安稳了不少。

本以为给他出了个不错的主意,没想到喵尔摩斯却慢慢摇了摇头。

"不该劳烦夫人,喵生,你不觉得她最近生活更拮据了吗?"

"生活?"

我跟夫人在一起的时间还不长,无法评价其生活的变化。

"唉,你观察不足,没注意到也情有可原,她似乎相当缺钱。"

"嗯……可我们的生活不是一点儿也没变吗?食物的质和量都一如既往。"

"你还没明白啊,喵生,为了让我们吃饱喝足,她甘愿节衣缩食啊!夫人总是穿那几件衣服,吃饭的次数和饭量都减少了,你没注意到吗？"

"哦……"

人类真是一种不可思议的生物。

人类无视大自然的安排，执念于钱财这种蒸不熟煮不烂的东西，通过购物让别人将获得的猎物和衣服让给自己，丧失野性、忘记狩猎方法，甚至无法自己获取猎物来维持自己的生命。

喵尔摩斯说，这种状态下的人类尽管可怜，但也隐藏着诸多可能性，是令他兴趣盎然的存在。

而此时，我只觉得人类很可怜。

在夫人熟睡后的深夜，我曾观察过。

房间里只挂着三套衣服，回想起来，夫人的确翻来覆去地穿这些衣服。跟以前相比，她的脸也消瘦了许多。

书架、厨房……

消失的书都回来了吗？那个墙边的空当，以前放着什么东西来着？还是本来就没放东西？我不记得了。

灶台上有两只锅摞在一起……原来那里是两只锅还是三只锅呢？我不记得了。

曾经将我死死卡住、使我无法挣脱的锅是哪只来着？这里虽然是我每天生活的地方，可这里被我忽略的事情实在太多，震惊不已的我只好向喵尔摩斯求教。

"少了一只锅吧？摆在那一排有关猫的两本书都回来了，另一本叫《动物治疗基础》的书还没回来。"

"哦……"

我问喵尔摩斯："你能理解文字的意思吗？"

他回答："不理解的居多，但把文字和图片对照一下，有时候也能看明白。"

啊！他真是一只聪明得可怕的猫！我倒是能看懂诸如"1""11"这种简单的数字，但文字中的平假名、片假名、汉字①等在我看来都是一个模样。

正在我感慨的时候，又有事情发生了。

"喵尔摩斯先生！有事商量！"

"啊！"

不管经历多少次，我都习惯不了警部这突如其来的登场，我的心猛地一揪，差点儿吓趴下。

我"扑通"一声向后摔倒。

从远处跑来的迷你雪纳瑞犬警部突然从猫瓣门探进头来。

他是动物警察的优秀成员。

"喵生先生，您好！好像吓着您了，我忘记敲门啦！"

---

① 平假名、片假名、汉字：日语文字表示方式。"汉字"指日语中的"当用汉字"，而非汉语中的"汉字"。

"没什么……"

他总是吓到我,跟忘记敲门关系不大,他的敲门声比猫的敲门声大好几倍,就算他敲门,也能吓得我浑身哆嗦。

"有新案子发生吗?"

夫人在睡觉,我们不能在她面前吵吵闹闹,喵尔摩斯叼着烟斗走近警部。

"你慌成这样可真不多见,有什么案子?"

"喵尔摩斯先生,至于案子……这算是案子吗?这不是谋杀案或盗窃案,而是动物得到了救助的案件。这实在是不可思议,应该是您喜欢的案件。"

"哦,那太好啦!"

警部虽然是位优秀的动警,但一兴奋起来就啰啰唆唆地说个没完。

"我现在的感觉是震惊还是感动呢?是震惊吧!这件事的确太不可思议了!先生,这案子除了您应该没人能弄明白了。我们动警全体同仁一致认为,应该由我来请您……"

"哦,你们作出了正确的决定。"

喵尔摩斯确实是只善于倾听的猫。

警部又讲了五分钟"他们有多么震惊",才进入正题。

"我就说说蚬贝高冈集体公寓的奇迹吧……"

警部讲的蚬贝高冈集体公寓的故事足以令我后背发凉了。

2

"这是两周前的事了,事情从一只受伤的公猫获救开始。"

"猫?"

"是的。听说那只猫好像是被人类的孩子用破玻璃瓶砸中,腹部出血,意识模糊,他觉得自己必死无疑,便用尽全身力气,摇摇晃晃地爬到了'蚬贝高冈集体公寓 1-5 号房间'这个空房间前,而房间的门正巧开着,他打算死在那里。"

"这种事真是令人无法容忍!"

我还是流浪猫的时候也多次被人类的孩子袭击过,他们或是用力拉扯我的尾巴,或是围着我又揉又摸……

我知道有些人就是以虐待毫无抵抗能力的动物为乐,可再听说类似的事,我还是觉得怒不可遏。

一想到那只知道自己命不久矣、寻找能够静静死去之处的受害猫,我的心就隐隐作痛。

见我气得呼呼直喘,喵尔摩斯将爪子放到我的肩上说道:"喵生,冷静!"

我总算冷静了下来。

"空房间是 1-5 号房间吧?那住在隔壁房间 1-4 号房间和 1-6 号房间的人知道这件事会不高兴吧?他们应该会介意公寓里出现动物尸体。他们很快就会发现这件事,不是吗?"

"不,喵尔摩斯先生,1-5 号房间跟 1-3 号房间、1-6 号房间这两个房间隔了一段距离,奇怪的是,蚬贝高冈集体公寓里没有1-4号房间。1-3号房间隔壁是1-5号房间,1-6号房间好像在1-5号房间对面,中间隔着楼梯。"

"嗯。"喵尔摩斯点点头,好像全都明白了,而我还没跟上他的思路。

不知警部是有心还是无意,他每次一和我对视,就把话题转移到跟案件无关的闲聊上。

趁这工夫我把线索理顺了一下:

1-3号房间旁边隔了一段距离的房间是1-5号房间,1-5号房间隔着楼梯的对面是1-6号房间。

好!

"1-6号房间的位置确认清楚了吗?"

"什么? 1-6号房间? 1-6号房间跟这次的案子没关系啊!至于1-5号房间……"

"也许你的观察不够啊……请接着说。"

"就算不观察,房间的门牌号排序也自有其法则吧!他说1-5号房间是个很简陋的房间,连窗户都没有。房间的门本来是开着的,他进去后,门突然自己关上了。随后发生了大地震,他因剧烈摇晃而失去意识。苏醒过来后,他发现自己躺在一个有很多书的人类的房间里。"

"什么?"

房间门突然自动关闭,那只猫被关在里面经历过大地震后,从1-5号房间这个陋室到了有书的房间……这实在是太恐怖了!

别说大地震了,最近这附近连普通的地震都没发生过,而蚬贝高冈集体公寓里面却发生了大地震,这也太可怕了!

"那个有书的房间里住着一个人,好像还有另外一个人也经常去那个有书的房间。"

"他们给那只猫做治疗了吗?"

"是的。伤口愈合后,那只猫被装进瓦楞纸箱,放到了外面。喵尔摩斯先生,他是一只能看懂数字的猫,在瓦楞纸箱的盖子被盖上的瞬间,他看到了有书的房间的房间号好像是5-5号,不过5-5号房间的门牌字写反了。"

"难道那只猫穿越到了'异世界'?"

"他本应在1-5号房间,却到了5-5号房间?这太荒唐了!喵尔摩斯,你刚才说什么?'异世界'?请别说这些不着边际的话!"

喵尔摩斯似乎还有心情开玩笑,而我最受不了这种可怕的故事,我的后背发凉,毛发全都竖起来了。

"异世界"……我在城市街头商店橱窗的电视画面上见过。

"异世界"里好像有史莱姆[①]、飞龙等可怕的"怪物"。

我不相信真有那种"怪物"。虽然我不相信……

---

① 史莱姆:一种果冻状"怪物",多出现在电子游戏和动漫中。

"喵生先生,我很理解您的心情。"

在那之后,他立刻向动警报了案。

接到报案的动警们对此事一筹莫展,不知该如何应对。大家无论如何都无法相信这是真的,因为报案者没受到什么伤害,所以动警们做完记录,就草草结了案。

"信任并保护动物市民是我们的工作,可这件事实在令人难以置信啊!除了受伤的公猫之外,还有位奇迹见证者……太太,请!"

"来啦……"

"咦?"

警部的头顶上突然出现了一只麻雀。她刚才可能一直屏息藏在某个地方。

"初次见面……"麻雀扇动着翅膀,落到地上后,她慢慢地朝我们走过来。

哦!那种一小步一小步一蹦一跳的走法实在令人难以克制想扑上去的冲动!

"喵——"

"啊!"

"喵生君!"

"喵!抱歉!"

麻雀这样的小鸟是猫最好的猎物,年轻时代性情粗暴的我,也有过数次咬住小鸟的脖子并将其叼回家的经历。

可能想起了那时的情景,我盯着她,两眼放光。我的状态转为狩猎状态,脸上现出一丝狞笑。

如果没有喵尔摩斯的一声断喝,我可能会做出很危险的事。

我为自己的行为感到遗憾。

"这是皮丘鲁太太,她的孩子也生病了。皮丘鲁太太,请您跟喵尔摩斯先生讲讲您的经历吧!"

"呜呜……"皮丘鲁太太像是被我的狞笑吓住了。

我心里满是歉意,照现在的情况来看,我们今天怕是很难听到她的讲述了。

怎么办?我必须有所表示。

"皮丘鲁太太,请放心,我和他都是猫绅士,绝不会因为贪玩而伤及无辜!喵生,对吧?"

"他说得对,是这个意思!"

说实话,我真想咬住皮丘鲁太太的喉咙将其甩来甩去,但我克制住了。

我克制着想咬住她喉咙的欲望,在地板上跪下来。

"哎呀!你这是……"

皮丘鲁太太如此吃惊也并不奇怪。

猫向麻雀下跪这种事儿,几乎是不可能发生的。

我下跪道歉的举动,成功地减少了皮丘鲁太太内心的恐惧。

我为自己恶劣的态度表示歉意,这与物种差异无关。

"请吧,皮丘鲁太太!"

"好的,喵尔摩斯先生,我这就跟您说说事情的经过。"

在喵尔摩斯的注视下,皮丘鲁太太似乎放松了下来,她开口讲述起来。

喵尔摩斯的声音与目光具有使动物安静下来并对其产生信任的力量,跟我的狞笑带来的影响大不相同。

"我的儿子皮琼病了,他一直发抖,于是我就把在街上捡的纸衔回巢里,盖在皮琼身上……"

"哦?是莎草纸?"

"莎草纸?"皮丘鲁太太诧异地看着我。

"对,是叫莎草纸吧……"

我把刚从喵尔摩斯那里学到的词儿拿出来卖弄,胡乱使用,仿佛自己早就知道这个词儿一样,无视一旁目瞪口呆的喵尔摩斯。

"原来如此。您把莎草纸盖在孩子身上,但他的症状并没好转……这时,您从动警那里听说了能带来奇迹的1-5号房间和5-5号房间。"

"是的。我想,就这么置之不理的话,皮琼肯定没命,索性碰碰运气吧！我请动警先生们带路,将巢和皮琼都带到了传说中的 1-5 号房间。"

"这是'雏鸟营救行动'啊！结果怎样呢？"

"喵尔摩斯先生,就在我愣神儿的当儿,1-5 号房间的门就紧紧地关上了！"

"啊！果然是这样……"

鸟妈妈被关在门外,雏鸟孤零零地身处一个没有窗户的简陋房间之中,这情形一定很可怕吧！

"我稍微想了一下,赶紧飞上 5 楼。我飞上去一看,1-5 号房间的上面,5-5 号房间没有人,好像是个空房间。"

"嗯。"

"啊！"

喵尔摩斯淡淡地随口附和着,我却大为震惊。

听到如此不可思议的描述,喵尔摩斯为什么还能这么冷静呢？

"确认过房间号了吗？"喵尔摩斯问道。

"没有,我当时心里太乱了。不过我的心里既感到绝望,又充满了希望。我的孩子皮琼再也回不来了吗？不,说不定他真的在有书的房间里接受治疗呢……"

"我非常理解您的心情。后来怎么样了？"

"后来……喵尔摩斯先生,您不要惊讶,不要害怕,请继续听我说！"

"我知道,我不害怕,请继续说吧!"

喵尔摩斯伸出爪子,做了个请的手势,皮丘鲁太太继续讲述起来,那神奇的经历像决了堤的洪水从她口中喷涌而出。

果然,被困在1-5号房间的皮琼听到了谜一般的巨大声响,感受到了大地震般的震动。

惊恐至极的皮琼闭着眼睛、身子紧紧缩成一团。突然,他的身体像是被什么暖暖的东西包裹了起来,又经历过一次地震般的震荡后,他便来到了有书的房间。

接着,有两个人为他做了治疗。痊愈后的皮琼跟那只猫一样被装进瓦楞纸箱,放到了公寓外面。

皮琼也从瓦楞纸箱的缝隙里隐约看到了房间的门牌号,是5-5号,但门牌上的字好像写反了。

有书的房间,也就是"幻境5-5号"。

我吓得一点儿声音也发不出来了,而喵尔摩斯却一副波澜不惊的样子。

"我说……您真的不怕吗?"

"是的,说好不怕的嘛!"

我想,恐怕喵尔摩斯是心里早就有数才不怕的吧!

皮丘鲁太太似乎感到有些无趣。

可看到我目瞪口呆的傻样,皮丘鲁太太好像又得到了满足,她小声地笑起来。

"如果您对谜团有所期待的话,那失礼了,我已经知道事件的大部分真相了。"

"你说什么？"我、警部和皮丘鲁太太异口同声地惊叫起来。

"喵尔摩斯，别说些不负责任的话！这么不可思议的事情，就算你再聪明，也不可能光听听别人的讲述就能弄明白吧！"

喵尔摩斯拿如此严肃的话题开玩笑也太过分了！这家伙肯定是在虚张声势，我觉得他是羞于在公众面前表现出惊慌或困惑的样子，其实不懂装懂更不像样。

不可思议就是不可思议，不明所以就是不明所以，自然地作出反应就好，何必伪装呢？

"喵生，我不是说过吗？推理要靠观察与认知。我可没说不负责任的话……要我给你们看看证据吗？"

"如果可以的话，请给我们看！"

"警部！"

"请讲！"

"现在1-5号房间外拉着警戒线，旁边贴着写有'禁止入内'的告示吧？"

警部和皮丘鲁太太闻言大惊失色。难道被他说中了？

"是……是啊！您怎么知道？"警部诧异道。

他果然说中了啊……这小子！

我总是被这小子吓到，我偶尔也想吓吓他。

"现在还不是解释这些的时候，当今时代'穿越到异世界'的事件已经不罕见了。"

"穿越到异世界!"我不禁叫出声来。

这多么令人毛骨悚然啊!

"我说,喵生君……"

"怎么了?"

喵尔摩斯用爪子指了指瓦楞纸箱,我马上就明白了他的意思。他的意思是该换上"猫侦探助手的正装"了!

头上扣上帽子,项圈系上番茄红的领结……这确实是我的正装。说实话,我很抵触这身行头,但我深知喵尔摩斯对此毫不让步,只得勉强换上它。

喵尔摩斯已按我的要求戒了洋葱,我要是连这点儿事情都将就不了,就谈不上朋友间的公平了。不管喵尔摩斯如何聪明,既然我们已经做了朋友,相处就必须公平——这是我的原则。

我极不情愿地将番茄红的领结系在项圈上。

"嗯,番茄红果然很适合你!"喵尔摩斯说道。

番茄红很适合我……我感觉不到这句话有夸奖的意思。

他不会说恭维话,却很会说玩笑话。

"皮丘鲁太太,您有皮琼的羽毛吗?有的话,请给我一片。"

"羽毛?啊,有的,在我的后背上,在这里。"

喵尔摩斯将粘在皮丘鲁太太背上的皮琼的羽毛摘下一片,塞进自己的毛里。

🐾

我们坐上警部准备的两辆犬车——迷你雪纳瑞警部和年轻的西伯利亚哈士奇——来到蚬贝高冈集体公寓。

"喵牛,你看,那边是蚬贝大学,学校里也有兽医。你知道这里吧?这里就是你记忆中的地方。"

"喵尔摩斯,眼下我们要做的事跟蚬贝大学无关吧?快走吧!"

我连兽医这个词都不想听。白墙上满是血渍、只有几个房间亮着灯的蚬贝大学校舍仿佛有"幽灵"出没,实在让人害怕。

大多数动物都不相信"幽灵"之说,我也不太相信,但就算"幽灵"不存在,可怕的东西还是可怕,恐怖的东西仍然恐怖。恐惧是动物的本能。

"怎么会没关系?夫人不也在这里上学吗?蚬贝大学附近的蚬贝高冈集体公寓嘛……好啦,走吧!"喵尔摩斯说道。

"啊,喵尔摩斯先生!我去送皮丘鲁太太,让我的同事留在这里,有需要请尽管吩咐!"

"哦,那太好啦!警部,辛苦啦!皮丘鲁太太,您多保重!还有你,有点儿事情想麻烦你。"

"汪!"

喵尔摩斯让留下的年轻动警西伯利亚哈士奇去蚬贝高冈集

体公寓的周围巡视,年轻动警接到任务,乐呵呵地跑远了。

"有麻烦的话,大声叫我!"

"汪!"

"1-3号房间旁边的1-5号房间在这儿啊……喵尔摩斯,这里的气氛还真是让人不舒服,我觉得这里充满了不祥的气息和难闻的气味,我总觉得后背发冷……你不相信'幽灵'之类的东西吧?"

蚬贝高冈集体公寓让我感到一种莫名的不快。

不祥的气息,难闻的气味……别说发生奇迹,在这里待久了,就连心情都会变差吧。

"喵生,你看,是蚬贝大学的校徽!这里由蚬贝大学管理!嗯,这些好像都是多人房间。这是入口,在这儿脱鞋、换拖鞋……鞋的尺码和拖鞋的尺码都挺大啊!这些粉色小码拖鞋是给访客用的。也就是说,这里是……"喵尔摩斯在入口处一边仔细观察一边唠叨着。

蚬贝高冈集体公寓的入口眼下无关紧要吧!喵尔摩斯连这些细节也不放过,真是只好奇心旺盛的猫!

"果然不出所料……那我们去1-5号房间看看吧!"

"要去吗?我不太想去。"

"要去,没事的。只是去打扰一下'异世界有书的房间'而已,没什么可怕的,事情的经过你也听到了嘛!"

"好吧……"我不情愿地说道。

我们走到一个开着门的房间前面,房门上方有块写着"1-5"的牌子。

跟传说中的一样,房门开着。房门是拉门的式样,左右两侧仅露出一点点银色门扇。

人类世界里代表"禁止入内"的带黄黑两色条纹的警示带对我们来说毫无约束力。

喵尔摩斯从警示带上方飞身跃过,我则匍匐前进,从警示带下面钻进房间。

"好可怕……"

"是吗?我感觉还好啊!"

这只怪猫!在我的爪子够不到的地方有几个圆形小灯,点亮的灯光忽明忽暗。除了灰尘,这房间里也没有什么东西了。

没有厕所,没有浴室,没有猫抓板,没有自来水,没有猫粮。

我想起小时候,老婆婆曾把我扔进没注水的浴缸里,又在上面盖了盖子,作为我做坏事的惩罚。我想起那些被惩罚的日子,心里难受极了。

"咦?"

"啊,不好!"

我们刚进入1-5号房间,左右两边的拉门不知怎的突然发出机械声,开始缓缓关闭,被吓坏的我打算逃出房间,被喵尔摩斯抓住项圈,按在原地。

"冷静!小心,别被门夹到!"

"喵尔摩斯……地震啦……大地震来啦……我们要被带到'异世界'去啦!我感觉到啦!"

门一关,房间旋即剧烈晃动起来。

这个房间没有窗户,在密闭的空间里遭遇地震,对动物来说,精神压力太大。

我的耳朵嗡嗡地鸣叫起来,我觉得自己的身体,不,整个房间都在向上飞去。我确信这一点。

现在我们不会是要进入"异世界"了吧!

"啊……喵尔摩斯……对不起……我……已经……撑不住啦……"

太丢脸了,我快要昏过去了,最后映入我的眼帘的是喵尔摩斯平静温和的脸。

"啊,喵尔摩斯没事的话,我应该也没事吧。"我心里这么想着。

我看着他,安心地晕了过去。

3

"嗯……这是哪儿?"

"喵生,你终于醒啦!"

我差点儿又昏过去。

"不会吧?喵尔摩斯,这里就是有书的房间吗?"

破旧不堪的地板上摆放着深褐色的书架,这里除了一股难闻的霉味之外,还有一股令人不安的怪味。

"是的。你看这个!是莎草纸!"

喵尔摩斯给我看了两张脏兮兮皱巴巴的莎草纸,然后将事先从皮丘鲁太太那里要来的皮琼的羽毛,跟莎草纸上粘着的毛进行对比,让我观察。

毫无疑问,这是皮琼的羽毛。

原来如此……

"莎草纸……难以置信……那只受伤的猫和皮琼就是在这里接受治疗的?"

"这就是观察与认知的重要性啊,喵生!"

喵尔摩斯叼着烟斗在房间里缓缓踱步。我觉得他的样子很奇怪。

不知为什么,我总觉得哪里有些不对劲儿。我试着仔细观察了一下,却什么也没发现。

"你看那两本书,那本红色的书和那本白色的书,还有,书架空出来的地方放着锅!你知道这意味着什么吗?红色的书的书名是《如何追求心仪的女生》,白色的书的书名是《动物治疗基础》!锅的焦煳程度、书上的污渍、书签的数量……如果我没有记错,这本白色的书和这口锅是夫人的!"

我出神地听着喵尔摩斯说的话,脑袋涨得厉害,什么都没听进去。

夫人?夫人怎么会出现在这里?是我出现幻觉了吗?

"呃……这样一来,事情基本上就真相大白了,必须跟皮丘鲁太太和动警说明一下。警部的调查不够充分,皮丘鲁太太则过于仓促地下了定论。警部住公馆,鲣鱼之丘也没有高楼,动物们看到令人毛骨悚然的房间,也绝不会主动进去吧!喵生,你还要迷糊到什么时候?这房间没上锁,你昏迷的时候,我是背着你擅自闯进来的,我的心里满是罪恶感,咱们还是回去吧!"

他嘴上说心里满是罪恶感,脸上却是满不在乎的表情。

此时我还没意识到,这是喵尔摩斯充满理性的好奇心时才会有的表情。

"咦?"

来到房间外,我突然觉得不太对劲儿。有书的房间门口,立着一面陈旧的大穿衣镜,似乎它的主人打算丢弃它,临时把它放在楼道里。

这里的确是有书的房间,但这里不对劲儿的真正原因是什么呢?对了,有书的房间不是5-5号,而是5-6号。这到底是怎么回事呢?

这里真的是"异世界"吗?我苦思冥想,却只想起今天的早饭和点心。

我的脑袋好像完全崩溃了,棘手的问题被全部屏蔽,能想起来的只有开心的事。

"我来解释,到这边来!"

我跟着喵尔摩斯走了过去。

我穿过楼梯,看到了我第一眼看到的那个房间,我那崩溃的大脑受到了新一轮的神秘冲击。

1-5号房间就在那里!表示"禁止入内"的警示带也在那里!

1-5号房间在5楼?对了,为什么有书的房间是5-6号房间?

"喵……喵尔摩斯?这是什么意思?"

"喵生,保持意识清醒!摒弃固有的观念! 1-3号房间旁边是1-5号房间,所以5-3号房间旁边是5-5号房间,5-5号房间对面是5-6号房间,对吧?"

我被彻底搞糊涂了,我放弃了!

"我想说的是,按照民间迷信的说法,4这个数字跟'死'字同音,有'死亡'的意思,人类很忌讳,所以蚬贝高冈集体公寓里没有4号房间,连4楼都没有。这些你能弄明白吧?"

"啊,明白了。4是'死'的意思?哈哈,真可笑!"

这也太可笑了。4是"死"的意思,有些人讨厌4,因此就没有4号房间。哈哈,人类也有其可爱之处!

这件趣事足以治愈我卡了壳的脑袋。

人们要是怕用"xi①"字,那带"xi"字的好吃的东西也不敢吃了,连笑都不能"xi xi"地笑了。真拿人类没办法啊!

"所以,没有1-4号房间,1-3号房间旁边就是1-5号房间,对吗?"

"嗯,这个嘛,喵生,所谓的1-5号房间其实是个名叫电梯的机器啊!"

"电梯?"

"嗯,这个1-5号房间其实是在1楼和5楼之间运行的电梯。喵生,你刚才就是在电梯里晕倒的。简单来说,电梯就是个上下移动的房间,那只猫和皮琼应该都是乘坐这个电梯被送到5楼的。有大地震的感觉是因为运行中的电梯在摇晃……无人时门一直开着、摇晃得跟大地震无异的危险电梯,应该是因故障被禁止使用了,我就是通过这一点作出推理——1-5号房间和5-5号房间是上下运行的电梯。而5-6号房间是在5-5号房间对面

---

① xi:日语中"4"和"死"的发音同汉字"西"的发音,用汉语拼音表示为"xi"。

的有书的房间,皮琼和那只猫从5-6号房间门口的陈旧穿衣镜里看到了5-5号房间的门牌,误以为有书的房间是5-5号房间,而且门牌的字写反了。警部没有发现这一点,所以我说警部的观察不够。"

"原来如此……是电梯啊……移动用的房间,它没有窗户当然也就不难理解了。"

制造出整个房间都可以移动的机器,人类这种生物可真能偷懒啊。他们能做出这种事来,自然不会自己捕获猎物了。他们竟然连自己抬腿爬楼梯都不愿意,懒惰程度可想而知!

"咱们要再乘坐电梯下去吗?"喵尔摩斯问道。

"不必了!"

真不必了,那东西太可怕!就别再让屁股产生那种轻飘飘的感觉了!要是出发前没去过厕所,我说不定会失禁。

"观察与认知很重要啊,喵生!我顺便把咱们聊摩天塔时我揣测到的你的想法也说说。那时,不知电梯为何物的你大概会想,住在那么高的地方,光是上下楼梯就得累趴下,不用三天,身体就扛不住了。我说得对吧?"

他说得一点儿没错。

虽然他说得一点儿没错,但我不想承认这一点,不想让他得意。于是我哼了一声说道:

"我要是也知道有电梯这种东西,这个案子的谜团早就解开了!"

"在认知方面偷懒的人是解不开谜团的,这种假设毫无意义,因为我们住的公寓里也有电梯。"

"什么?这是真的吗?"

"只要稍微改变一下回家的路线,你就能注意到这一点。我跟你说过许多次了,推理要靠观察与认知,而且……"

我想起了喵尔摩斯对我说过的那段话。

啊,别冲我露出那副得意的嘴脸。

我拼尽全力作出的抵抗最终失败了,我只得听他接着往下说。

"稍稍改变一下日常生活模式,其实是种极大的冒险……"

"嗯……"我彻底败下阵来。

"不过,不知道未必是坏事,那里的电梯比这里的电梯摇晃得更厉害。我们顺便也去拜访一下'异世界'的居民吧,说不定会遇到'怪物'呢!"

"别取笑我了……"

连我惧怕"异世界怪物"的念头都被他看出来了……

"啊!"

"哎呀!有人回来啦!"

我们藏在墙后监视5-6号房间这个有书的房间时,房间的主人突然回来了。

"是那家伙！我被人打了两针的时候,他也在场……难道他是兽医？原来如此！蚬贝大学的兽医就是他！因此,他才能给动物看病啊……"

他的样子跟给我打针的那天不太一样,他的胡子比那天长了一些,他穿着皱巴巴的衣服,右手拿着一件白大褂,沾在上面的血迹已经干了,他脚上穿的鞋子破破烂烂的,但他即使外表变化了,我也能认出他。

一点儿没错,他就是按住我的那个男人！对我来说,他是比"怪物"还可怕的仇敌！

"嗯,你说的算是对了一半吧。"

"喵尔摩斯,你太过分了啊！"

他抢先说出"对了"一词,我觉得很别扭。难道就让他一次次地在嘴巴上占上风,而我就只能看着他那得意的样子吗？

"他是学生。"

"啊？"

"他是蚬贝大学的学生。你打针的时候,他在场是为了学习吧！你觉得一个能独当一面的兽医会特意在自己的房间里读《动物治疗基础》之类的书吗？这里是学校的男生宿舍,这是根据蚬贝高冈集体公寓前面的大学校徽及放在玄关的鞋的尺码和拖鞋的尺码推理出来的。他把进入电梯并且升到5楼的猫和皮琼带进房间,靠自己的医术救活了他们……这就是真相！"

"啊……"

正因为如此,喵尔摩斯才那么仔细地观察玄关啊!

做出让喵尔摩斯佩服的事,现在对我来说似乎还有些早。不过,我早晚有一天会让他见识一下我的厉害!

"你说书和锅是夫人的?她的书和锅为什么会在他的房间里呢?"我向喵尔摩斯请教这个问题。

"也就是说,给猫和皮琼做治疗的两个人中有一个人是夫人。她之所以带着锅和书外出,忙得不可开交,是为了把书借给他,给他做饭,支持他吧。最近她安稳了不少,应该是因为治疗结束了。怎么样,明白了吗?"

"哦……"

解开一个个谜团的快感令我身体发颤。

我也开始渐渐被他"毒害",似乎也能感受到因求知欲得到满足而获得的快感了。我甚至天真地想:"总有一天,我也要当个破解疑案的猫侦探。"

"不过,夫人和他是在哪儿认识的呢?"

"喂,你的脑子留在家里了?我刚才说过了,她也是蚬贝大学的学生,他们互相认识并不稀奇。"

他说得有道理,我感到羞愧难当,耳朵眼儿里都在阵阵发热。

这样下去,对我来说,当上猫侦探破解疑案只能是场白日梦了。

啊,太丢脸啦!

"不过夫人也太不够意思了,至少带咱们去一次大学也好啊……"我这么说道。

"她大概知道你不喜欢兽医,你光是嗅到兽医系学生身上沾着的兽医气味就吓得浑身发抖。把这副模样的你带去大学,实在是……"

我哑口无言。

来到此地后,我一直觉得气味难闻的真正原因原来在这里。

刚才就够丢脸了,这样一来,我更加抬不起头来了。我还是老老实实地闭上嘴吧!

"感受到人类的善良之处了吗?他和夫人虽然都穷得叮当响,却把动物的生命看得比自己的生活还重要!"

"嗯……我对他们另眼相看了!"这是我的心里话。

"喵尔摩斯,还有一本书是《如何追求心仪的女生》,对吧?那是什么书?跟治疗没关系吧?"

"那本书应该是他自己买的。"

"那本书跟案子没有关系吧?"

"跟案子没关系,不过这也是个谜。"

"叫人摸不着头脑!你这话是什么意思?"

"稍微动动脑子嘛!也就是说……"

喵尔摩斯叼起烟斗,他似乎相当喜欢这个玩具。

"这话是说恋爱这个谜团太复杂。如果猫具有像人类那样恋爱的高超本领的话,可能也会被我当成研究对象了。来,坐上小犬车,去动警那里说说案情吧!喂——"

喵尔摩斯喊了声"回去啦",远处传来"汪汪"的叫声,等了一小会儿,哈士奇就跑过来了。

"好!这小伙子真不错!"

"汪!"

西伯利亚哈士奇的后背上坐两只猫有难度,我们只好紧紧抓着他的后背侧身而坐。

"活像哈密瓜上放着生火腿。"喵尔摩斯摇摇头说道。

虽然不明白他这个比喻是什么意思,但看着喵尔摩斯稍显难为情的表情,这次行动中寸功未立的我不禁暗笑:"你活该!"

这家伙最好也能体会一下我出丑后的心情。

4

第二天晚上,蚬贝大学兽医系青年速水公辉带着锅、书和"莎草纸"来到夫人的公寓。

"这是给我的吗?"

"嗯。前些日子,咱们救的那只麻雀总是啄我的窗户,我就将其放进屋。麻雀一次次地将这两张彩票推给我,可能是要送给我……因为有两张,所以我就想给播本小姐一张……"

"哦……这是麻雀报恩吗?"夫人笑了起来。

"喵尔摩斯,皮琼巢里的莎草纸好像是彩票……这是怎么回事呢?"看到上面一幕的我问喵尔摩斯。

"哦,我忘记跟你说了。"

接着,喵尔摩斯跟我说了事情的经过。

原来,了解全部真相后,皮丘鲁太太想送夫人和速水公辉一点儿礼物表达谢意。喵尔摩斯说:"把巢里的那些莎草纸送给他们如何?说不定那些普通的莎草纸能变成'珍贵的莎草纸'呢!"

"那我就让皮琼把那些纸送过去吧!"

"不用多久就知道了,那莎草纸会给这两个穷得叮当响的人带来好运的!身为带来幸运的猫,我在这方面多少还是有些自信的!"喵尔摩斯讲完事情的经过,便叼起玩具烟斗。

"速水君,这本《如何追求心仪的女生》是怎么回事?"

"啊!错了!这本书……我买错啦……"

"哦,前辈有意中人了吗?是谁呀?难不成是我?"

"这个嘛……啊……嗯……是播本小姐!"

"什么?"

两个人的脸都红了。

哦?怎么啦?要出什么事了吗?接下来会怎样?这简直就像收音机里播放的故事的情节。

他们接下来要接吻了吧!

我真想见识见识!我竖起尾巴,睁大眼睛,打算把这一幕分毫不差地收入眼中。

喵尔摩斯突然抓住我的尾巴拽了拽。

"你也太不识趣了,咱们出去散会儿步吧!"

"怎么啦?喂!喵尔摩斯!"

"恋爱这件事就像一个连答案的影子都不让我们触摸到的谜团,这是最难解的谜团。这个谜团就交给所有恋爱中的人去解决吧!他们的爱情可比猫们相互嗅嗅屁股上的气味那点儿事情复杂多了。希望速水先生能好好表现!"

"你说什么啊……"

我钻出猫瓣门时,回头看了两人一眼,满脸通红的速水先生正颤抖地将自己的脸凑近夫人的脸。

几秒钟后,我听到"啪"的一声,好像是什么东西被拍打了一下。

出了什么事?

"被拒绝了啊!速水君,别放在心上啊!"

"被拒绝了?"我睁大眼睛看着喵尔摩斯。

"人类失恋后好像是相当痛苦的!靠本能活着的猫应该跟这种感受无缘。我的修行还不够吗?不过,夫人也是个有罪之人,虽说她进男生宿舍是为了给动物做治疗,可不断进出男人的房间,难免令纯情男青年误会嘛!这下子可完蛋了!"

"呜哇……嗨！呜哇嗨！"

尽管夫人总是很吵闹，但她今天格外吵闹。

她看了一眼自己的手机，就将喝下去的奶全吐了出来，呛得直咳嗽。

她赶紧把穿在身上的T恤脱下来擦地板。

我总是搞不太清楚人类的年龄，但夫人应该还算年轻吧。

于是我冲她叫了一声："不成体统的小丫头！"

"看了好几次，竟然真的中奖啦！"

她反复对比着皮丘鲁太太给她的莎草纸和手机屏幕。

"有钱啦！我要跟速水君说说！啊，可那天晚上以后，我就再也没见过他，太难为情啦！"

"嗯……好像那些莎草纸从普通莎草纸变成'珍贵的莎草纸'了……"

喵尔摩斯在安乐椅上无比畅快地伸了个懒腰。

他伸出锋利漂亮的爪子。

伸完懒腰，他用爪子梳理着脸上的毛发，发出"唰唰"的声响。

这些动作任何猫都会做，但他做这些动作，却比任何猫都优雅。

"喵尔摩斯,解释一下嘛!珍贵的莎草纸到底是什么?"

"……"

"怎么了?"

喵尔摩斯摆出了一个招财猫的姿势,然后又闭上眼睛,洗起了脸。

"就是这样!明白了吗?"

"不明白!"

虽然我不明白他的意思,但是从第二天开始,猫罐头在房间的角落里堆成了山,夫人还买了新式电饭煲——这是个能把我牢牢困住的有趣的玩具。

播本忍小姐的饭量变大了,胃口变好了,我虽然不太明白其中的原因,但我觉得她应该是遇到了什么好事。太棒啦!看来,我也不必再替她烦恼了。

"推理要靠观察与认知……原来如此……"

有天早晨,我起床较晚,喵尔摩斯已经外出,我躺在他的安乐椅上时,发现了藏在毛毯下的一些切成小碎片的洋葱。

"怪不得他那么喜欢吸烟斗呢!"

通过仔细观察,我成功地发现了他将切碎的洋葱塞进烟斗里不时拿出来偷吃的秘密。

这是我的第一次推理。

"我是不是对他太严格了呢？嗯……那么我就对他更严格一些吧！"

他一回来，我就做出可怕的表情。

我把眼睛瞪得圆圆的，嘴巴张得大大的。

我以为这足以令他慌了手脚，然而，喵尔摩斯却说了句："有什么好事发生吗？你的样子看起来很有趣！"

他的话让我立刻泄了气，就像我被困在电饭煲里挣脱不出来被夫人发现后怒斥"不许在电饭煲里玩"时那次一样，我闹了一整天的别扭。

最后的卷心菜

1

又是一个猫月之夜,今晚来的猫宝宝比平时多。

既然如此,那我就讲讲那个故事吧。

我想把这个故事讲给所有不了解那只猫的年轻动物听。

故事发生在炎炎夏日的短短几天里。

"卷心菜"通常被大家称为"卷心老",年轻的猫宝宝们大概不知道,他是金枪鱼之滨最长寿的猫。

如今他已经不在了。

他是只猫却成了狗①。

他曾向我们说出长久以来深藏心间的谜团。对他而言,那

---

① 狗:日语中"狗"的发音与"不在了"的发音相似,此句与上一句呼应,可理解为利用谐音说俏皮话。

是个巨大的精神创伤。

我因能让卷心老说出这个谜团、抚平他的精神创伤、使他幸福地度过生命的最后时光而感到骄傲。

给你们讲完这个故事后,我也很想去见见卷心老。

咦?你们怎么都摆出鸽子吃竹枪①的表情?

"卷心老说,他快不行了!"

我们听完警部这句话便决定从鲣鱼之丘出发前往卷心老所在的金枪鱼之滨。

卷心老是只拥有超过二十次赏樱经历的老流浪猫,也是我和喵尔摩斯见过的活得最久的猫。

猫大致知道自己什么时候会死。

这是上天赋予猫的能力,因此,猫并不畏惧死亡。

卷心老说他快不行了,那他应该就是快不行了。

卷心老是只喜欢讲故事的猫,他讲的《98号故事:优秀的海滨之星》让我心跳加速;他讲的《99号故事:诺查丹玛斯的预言》又极大地满足了喵尔摩斯的好奇心。

我们都得到过他的照顾,必须回报他。

"原来如此,卷心老会在夏季死去啊……"喵尔摩斯说完,从

---

① 鸽子吃竹枪:指因受到惊吓而目瞪口呆。

安乐椅上站起来。

"咦？今天又来了？"

卷心老选了一个布满蜘蛛网且湿气很重的废屋作为自己最后的归宿。

几个月前，他多少还有些精神，而现在，他消瘦了很多，他的白胡子和白眉毛都无力地耷拉着。

据说，卷心老年轻时是一只茶色帅猫，在阳光下美得炫目，现在看来，那说不定是卷心老自己编造出来的谎言。

"啊，打扰您啦！"

"您今天看起来比平时精神多啦！"

"嗯，今天应该死不了。"

"太好啦！喵生，对吧？"

"对！"

"死不了是件好事吗？你们太贴心了。不过，说不定我明天就一命呜呼了。"

我有些不知如何回应他的话，只好轻轻"嗯"了一声。

"死期到了的时候就知道了：'啊，原来是今天啊！'我的前辈这样说过。说是前辈，他可比我年轻啊！我很期待那一天的到来！"

卷心老就是这样一只可以轻描淡写地谈论生死的猫。不愧为猫中之猫！

可是,卷心老身上也有不像猫的地方。

"哦?那不是卷心菜吗?可以让我尝尝吗?"

"请您一定要尝尝,这是我们特意带来的!"

他从瓦楞纸箱里爬出来,抱住了我们带来的慰问品"卷心菜",其实那是将几片卷心菜叶子卷在一起做成的卷心菜球,不是真正的卷心菜。他"咯吱咯吱"地嚼着卷心菜球,不知为什么,他还把一片卷心菜叶顶在脑袋上。

卷心菜是卷心老的最爱。

听说"卷心菜"这个名字是很久以前他还是家猫的时候主人给他取的,他只被人类收养过一次。

接受人类取的名字的猫极为罕见,我们是拥有"天名"的物种,比如我叫"喵生"。

人类喜欢随口给猫取名字,而猫基本上都不会接受,但如果回应一声就能有东西吃的话,猫还是会"喵"地叫一声的。

也就是说,卷心老是只接受天命、舍弃天名的值得尊敬的猫。

一想到马上要跟这样的猫永别了,我心里就怅然若失。

我抽了抽鼻子,回想起跟卷心老在一起的时光。正发愣时,我听到喵尔摩斯极为罕见的怒吼:

"您说的根本不可能!"

卷心老仍旧抱着卷心菜球,嘴里一边发出"咯吱咯吱"的声音,一边说:

"喵尔摩斯先生,你是最聪明的猫,武功也十分高强,但我知道有只猫的猫拳比你还厉害,还有一宗你绝对破解不了的疑案。"

"根本不可能!"喵尔摩斯仍未平静下来。

"喵尔摩斯,你这是什么态度?对方是位前辈,而且在生病,你今天可不像个猫绅士!"

"嗯……抱歉!抱歉!"

"咯吱咯吱……没事!没事!"

这样冲喵尔摩斯大吼大叫,我觉得有点儿对不起他,但偶尔教训他一下,我心里也挺痛快的,要知道平时我总是被高高在上的他教训。

随后,我开始帮卷心老收拾房间。我麻利地用芒草将蜘蛛网掸落,然后吃掉蜘蛛。喵尔摩斯则向卷心老询问了那个"绝对破解不了的疑案"的情况。

"喂,喵生,你也过来听听,说说你的意见。"

"什么?"

喵尔摩斯竟然在征求我的意见,这可真不多见。

我扔下芒草,在喵尔摩斯身边坐下。

"这可能真的是连我都破解不了的疑案。卷心老,不好意思,请您再说一次……"

"啊!"

"呼……"

卷心老居然坐着睡着了。

"他大概是说累了……没办法,我来说吧!"

"哎,喵尔摩斯,在你说之前……"

我轻轻地推推卷心老,让他在旧毛巾和破衣服做的床铺上躺好。

卷心老虽然躺下了,但他的脑袋上顶着的卷心菜却纹丝不动。

卷心老应该就是那种拥有超常平衡感的"特别会顶东西的猫"吧!

"辛苦啦,喵生!"

"没事,你给我讲讲那件疑案吧。"

"好的。"

2

那是卷心老谜一般的伤心的过去。

不知是真是假,卷心老是作为购买卷心菜的赠品来到丰氏家的。

"买棵卷心菜,送只小猫崽!"这话听来可笑,但卷心老就是这样第一次也是最后一次过上了家猫生活。

丰氏是一户农家的长子,家人对他寄予厚望。面对家人的期待,丰氏似乎压力很大。

"我不想去叔叔那里啊!"他经常对卷心老说这句话。

除了卷心老,丰氏还养了另外一只动物。

那只动物跟卷心老不同,任凭丰氏怎么叫他,他都不理睬。

那只动物的物种不详,身体有成年猫那么大,毛发稀少,爱睡觉,喜欢夜晚活动。

一到深夜,他就会发出"叽""呀""啊"等既非人言亦非兽语的意义不明的叫声。

奇怪的动物……这就是谜团之一。

喵尔摩斯似乎已经猜到这只动物是什么了,这对他来说根本算不上是什么谜团,但他似乎已经厌倦了没完没了地解释,所以没有立刻揭晓答案。

卷心老喜欢丰氏那"奇特的身体"。

据卷心老说,丰氏的身体左侧温热,右侧冰冷。他冷的时候被丰氏的左手触摸就会感到温暖,他热的时候被丰氏的右手触摸就会感到凉爽。

卷心老说,与丰氏一同度过的这段时光,是他一生中最幸福的时光。

可惜,幸福这种东西总是无法长久。

在一个夏日,丰氏将卷心老扛在左肩上去河里捉小龙虾,这是丰氏夏季里的日常活动。

丰氏沿河滩的陡坡往下走时出事了。他被石头绊了一下,右肩着地摔倒,顺着陡坡滚了下去。一些带棱角的石头和尖利的石块毫不留情地划破了丰氏的皮肤。

丰氏好不容易在快掉进河里之前停了下来,但卷心老就没那么幸运了。在丰氏滚落的过程中,卷心老的爪子从丰氏的肩头松脱,被下冲的力量带进了河里。

落水的卷心老随波而下,在岸上的丰氏顺水流的方向奔跑着,紧追不舍。

水流速度虽然不快,但掉进河里的是只小猫,岸上追着跑的也只是个孩子。

他们之间的距离渐渐拉开……不过幸运的是,许多树木的枝叶垂向河面,卷心老拼命挣扎,紧紧抓住了一根树枝的末梢。

"抓得好!别动!"

"丰……丰君!"

大量的鲜血从丰氏的左臂上滴落下来,把卷心老吓得不轻。

多年后的今天,卷心老再回忆起当时的情景,仍记忆犹新。

丰氏紧紧抓着树枝,将右臂伸向卷心老。

"抓紧!"

他的右臂也伤痕累累,右手的小指无力地向外弯曲着,指根几乎断裂。

卷心老松开抓着树枝的爪子,抓住了丰氏的右手。

"丰君,我已经没劲儿啦!求你握紧我的爪子!"

"快爬上来!"

"丰君,你这是……"

按理说,丰氏应该抓紧卷心老的爪子用力往上拉才对,但他没有那么做。虽然丰氏右手的小指受了伤,但他还有其他四根手指,他为救卷心老已经拼上命了,应该会暂时忘记疼痛吧。可是一切并不是这样。

"啊!"

"卷心菜——"

卷心老实在坚持不住了,他松开了爪子,被河水冲走了……

落水后,卷心老仰头漂在水上顺流而下,奇迹般地被捕鱼人救了上来。

卷心老说,命虽然保住了,但以后的日子如同下了地狱。

原本是家猫的他突然变成了一只流浪猫。为求生存,他已拼尽全力,根本不可能再去找丰君了。有许多人试图捉住他,但都没有得逞,卷心老从他们的眼皮底下逃走了。

他逃啊,逃啊……当试图捉住他的人都不见了的时候,他已经成长为一只优秀的流浪猫了。

"他从那时一直流浪至今?"

"是啊。"

这个故事太悲惨了,难怪会给卷心老留下心理阴影。

"你怎么看?"

"有几个疑点我想不通。丰氏的身体左右两侧温度不同,这件事很蹊跷啊!还有,丰氏家里奇怪的动物到底是什么?最让我想不通的是,卷心老落水的时候,丰氏为什么不握紧卷心老的爪子呢?"

"我当时就知道那奇怪的动物是什么了。"

"这对你来说也不是难事。"

"相比那点儿事……"

"相比那点儿事,还是说说丰君吧!"卷心老突然说道。

"卷心老……"

卷心老是什么时候醒来的?他可能有点鼻塞,每次缓慢呼吸都会发出"嘶嘶"的声音。他说道:

"丰君为什么不握紧我的爪子……我很喜欢他,而且我觉得他也很喜欢我啊……"

夕阳照进屋里,日暮时分的虫儿开始"啾啾"地鸣叫起来。

"这是为什么呢?我至今还在想:'要是当时丰君握紧我的爪子该多好啊!'不过,成为流浪猫后,我的生活也很幸福,我认识了许多动物,好玩的、可有可无的、可怕的……真是不可思议啊!随着死期的临近,那些往事全都成了美好的回忆,遇到的动物没有一个是讨厌的家伙。嗯,我想说什么来着?"

随后,卷心老闭上眼睛陷入沉默,接着发出"呼呼"的鼻息声。我以为他睡着了,他又咕哝起来。

"嗯,我的猫生很幸福……我现在唯一的心愿就是再见丰君一面。我想问问丰君:'我很喜欢你,那你呢……'"

"呼……呼……"平稳的鼻息声再次响起。

尽管卷心老说"今天死不了",但我还是担心卷心老的呼吸会停止。我担心得不得了。

"如果他还活着,你们就有可能再见面……"我的安慰听起来十分空洞。

卷心老笑了。

"我想我已经出不去了,太累啦!铆足劲儿说不定还能再出去一两次,可是靠这一两次外出我能见到丰君的可能性又有多少呢?你说说看……"

说实在的,那种可能性几乎为零吧!

我为自己轻率的言论而感到羞愧。

"啊……对不住!让你们为难了!非常感谢你们!嗯……"

看来他这次是真的睡着了,说到最后,卷心老"呼呼"地打起了呼噜。

他大概是说累了吧。

"咱们回去吧!小心,别吵醒他!"

"嗯!"

我们蹑手蹑脚地走出了废屋。

我们默默地走了一会儿。

就我和喵尔摩斯的关系而言,沉默并不会令我们尴尬,然而这次的沉默太悲情,我忍不住问他:

"喵尔摩斯,你是不是很生气啊?"

"你说什么?"他反问了一句,不过他很快就明白过来,"啊,也不全是。'有只猫的猫拳比你还厉害',听到这种话,我身为一只公猫、一名侦探,肯定无法心平气和!"

"哦?"

喵尔摩斯的智慧及其猫拳的威力是大家有目共睹的。

凭喵尔摩斯的身手,卷心老竟然还说有他无法击倒的猫,喵尔摩斯生气也不难理解。

"我也想听听你对这些疑点的看法。"

"嗯,可供推理的线索实在太少,给出所有问题的答案确实有难度,但在某种程度上我们也掌握了一些重要线索,解开所有谜团还是有希望的。只是现在尚未理顺事件的整体脉络,暂时还是不说为好。"

"啊!"

看来这真的是连喵尔摩斯都破解不了的疑案啊!

自尊心极强的喵尔摩斯在推导出完美的结论前,应该不会告诉我们他的想法的。

"别管案子了,说说卷心菜吧!"

"嗯。"

这里说的"卷心菜"不是指卷心老,而是指那种叫"卷心菜"

的蔬菜。

我们一直都是带着"卷心菜"去看望卷心老的,而他也总会将我们带去的"卷心菜"吃光,但他并没有表现出发自内心的满足。

我们带去的"卷心菜"其实是将从夫人厨房里、垃圾站里捡来的菜叶卷成卷心菜模样的冒牌货。

有一次,卷心老这样念叨着:

"死期到来前,我真想再吃一次小时候吃过的那种甜甜的新鲜卷心菜啊。"

"啊,要是有那种卷心菜就好啦!"

喵尔摩斯用爪子指了指公寓门前的一个"无人售菜摊"。

蔬菜被放在木架上,大婶儿们将钱投入一个红色容器里之后,就把蔬菜带走了。

最受欢迎的蔬菜就是漂亮的卷心菜,卷心菜菜叶上的水珠在阳光下闪闪发光。

我们把那些漂亮的卷心菜叫作"翡翠卷心菜"。

"是啊,真想要啊!"

但我们是猫绅士,不能像流浪猫那样叼起食物就跑。想要得到食物,就得付钱购买,堂堂正正地将食物带回去。

"需要钱的日子终于来了啊……"

"喵尔摩斯,你去哪儿?"

喵尔摩斯抬腿就走,却不是朝家的方向走,我急忙叫住他。

"下猫拳比赛挑战书……从现在开始,咱们分头行动!"

"猫拳比赛?你不会是动真格的吧?喂,喵尔摩斯!"

我竟然被他甩掉了!

喵尔摩斯是只奔跑速度极快的猫,他甚至赢过三丁目的猫界短跑运动员尤塞恩·博尔猫[①],腿脚不灵活的我根本不可能追上他。

我相信他不会做出鲁莽的事。我又看了看那些新鲜的卷心菜。

它们真漂亮,像擦亮的玻璃球,像剥了壳的光溜溜的煮鸡蛋!

我真想要那样的卷心菜啊!

3

第二天,我们又向无人售菜摊走去。

喵尔摩斯看着翡翠卷心菜的目光有些失落。

会不会碰巧有人丢下一片卷心菜菜叶呢?那样我们就可以把它带给卷心老了。

"喵生,人类可能是我们猫根本无法匹敌的存在。"喵尔摩斯

---

① 尤塞恩·博尔猫:借用牙买加著名短跑运动员尤塞恩·博尔特的姓名杜撰的猫名。

摆动着右前爪说道。

昨天晚上他回家时,右前爪上缠着白纸。

那白纸可能是他给自己包扎伤口用的,但没过多久,他就进浴室洗了爪子。"戴不惯这玩意儿!"他一边说,一边用他引以为傲的锋利爪子将白纸扯了下来。

我猜他是在猫拳比赛中输给了对手。我不安地看着他,心里胡乱猜测着。

"利石雄猫……"

"利石雄猫?"

"嗯,他是位非常出色的拳击手,确实厉害!"

喵尔摩斯主动告诉了我这些事,于是我决定问问他具体情况。

"你输给那个利石雄猫了?"

"我当然没输!不过,你也看到了,我也并非毫发无伤!我有种失败感!也许是因为利石雄猫,也许是因为人类,不管因为谁,结果都一样!唉,我认为猫在智力上根本无法战胜人类!我真不甘心啊!这可能就是自卑感吧。我本以为自卑感跟我毫不沾边呢!"

"我真不理解你啊!你为什么在赢了猫拳比赛后因为人类而产生了自卑感呢?"

"嗯……我还是给你讲讲事情的经过吧……"

以下是喵尔摩斯的陈述。

这样说对利石雄猫有点儿失敬,乍看之下,他完全不像个拳击手。他的身体并没有多结实,脸也瘪了,也许他的脸曾多次遭受重拳击打。

"我们来决一胜负吧!"

"好,拳击手!今天你是第二位!"利石雄猫边说边脱下右后爪的袜子。

"哦?"

喵尔摩斯既被他的"铁爪"所震惊,也被脱下袜子后的利石雄猫的气势所震撼。利石雄猫露出了一张身经百战的强者的面孔。

至于胜负结果……如你所见,我负伤了,但被击飞的是利石雄猫。

"我认输!我还以为你也跟刚才那小子一样,只会撒泼耍赖,是来逞威风的,没想到我真的败给你了!"

"我是猫绅士嘛!好痛……不过,没有礼貌的挑战者确实存在。"

"可不是嘛!我瞪了瞪眼,他就吓跑了!他临走前就说了句:'小瞧老爷子可不行啊!'"

后来,喵尔摩斯和利石雄猫又聊了聊那个没有礼貌的挑战者、利石雄猫的经历及其铁制"假肢"。

"下次要换个新的假肢!我胖了呀!哈哈哈……"

再往后的事,喵尔摩斯就记不太清了,因为他受了刺激。

一想起自己慑于利石雄猫的气势而狼狈不堪的那一瞬间,喵尔摩斯就觉得脸上几乎要冒出火来,而人类竟然连手脚都能制作出来,真是太了不起了!

"哈哈!"我不禁笑出了声。

我终于知道他赢了比赛却闷闷不乐的原因了。

尽管我不清楚"铁"是个什么玩意儿,但人类能用它制成"手"和"脚",这让我觉得人类十分厉害!

连猫语都听不懂的人类竟然这么聪明!

"这是个好机会。借这个机会,我也该收起瞧不起别人的眼神了……啊!快看,是作先生!"

"哦,真是作先生!"

顺着喵尔摩斯所指的方向,我看到一个有一头干爽黑发的瘦弱少年,他正将蔬菜摆放到无人售菜摊上。他摆放的蔬菜当中,自然有翡翠卷心菜。

这个少年是这栋公寓的住户,也是无人售菜摊的摊主,被大家称为"作君"。

他刚把蔬菜摆到菜摊上,一群女人就"作君、作君"地叫嚷着围拢到他的身边。她们大都是已结束了人生的中间阶段,正在走向人生最后阶段的女人,也被称为"大婶儿"。

而作君在大婶儿中人气极高。

"作君,这点心做多了,你吃吧!"

"作君,来我家坐坐吧!"

"真想让作君当我家的女婿啊!"

作君被一群涂脂抹粉、压迫感十足的大婶儿包围着,他有些尴尬,却依旧笑容满面。他似乎永远那么善良,那么开朗。

大婶儿们不在乎被蚊虫叮咬,仍围在一起闲聊。难道她们的皮肤比一般人的皮肤厚?

"作君,危险!这家伙!"

"好痛!"

其中一位大婶儿像要抡鞭子抽谁似的在作君右手的手背上拍了一巴掌。

"看,我帮你把蚊子拍扁啦!"大婶儿说完,舔了舔粘着被拍扁的蚊子的手掌。

那可是野生动物的眼神!饥饿的猫的眼神不就是那样的吗?那大概是位"野生大婶儿"吧!

"啊……哎呀,谢谢您!"少年小声说道。

做生意不该是一个孩子的差事,但是为了生计,他不得不这样劳苦。

我本以为大婶儿们会继续围着作君,但一个中年男人突然出现,大婶儿们一下子散开了。

"啊!作君,我先走啦……"

"哎呀,我洗的衣服忘记收啦!再聊……"

"我该给老头子准备吃的啦,回头见……"

只见那男人一头金色长发,戴着一副黑色眼镜,穿着一身黑色衣服,脚上蹬着一双金色皮靴,两只耳朵上挂着的金属环"哗啦啦"直响。

他就是被称为"极道①"的那类人吧!

跟喵尔摩斯初次见面那天,他就提醒过我,这是人类中最危险的群体,绝不能靠近。

"大……大哥!"

大哥?难道作氏是这家伙的小弟?也就是说,作氏也是极道……真是人不可貌相啊!

"那家伙不像大哥,倒是更像个大爷,一脸老相嘛!"

喵尔摩斯看不起极道,一反常态地说起了冷笑话。

"小子,你居然还干这买卖!是顾忌大叔的面子吗?我不是让你来加入我们吗?入伙之后,我保证你腰包里大票子不断,日子过得舒舒服服!"

"跟面子没关系!大哥,您才应该赶紧换个正经行当……"

极道恶狠狠地瞪了他一眼,作氏赶紧闭上嘴巴。

"卖菜也行,不过你得给钱匣子加把更结实的锁!周围的人可都盯着你的钱匣子呢!钱被偷也不是一次两次了吧!"

"嗯,您是不信任这里的住户才这么说的吧?相比菜钱

---

① 极道:指日本社会从事暴力或有组织犯罪活动的人或团体。

被偷走,千辛万苦种出来的菜被偷走更让我心疼……喂,别这样……"

"你这个没长进的小子!"

极道单手抓住一棵翡翠卷心菜,把它举起来。

"大哥,那可是我辛辛苦苦种的卷心菜啊!"

作氏不由自主地伸出手,极道飞快地让他握住了一张茶色的纸。

"啊?一万块[①]?"

"哼,这卷心菜值这个价!收好!"

茶色的纸……极道又在钱匣子上放了几张钞票,然后大大咧咧地啃着卷心菜离开了。

"真甜啊……"

"大哥……"

"羡慕吗?"喵尔摩斯开口问道,"只要有钱,连极道都能买翡翠卷心菜啊!可恶的极道!"

"啊,原来如此!"

"还有人来偷菜钱?不能原谅他们!虽然我不喜欢钱,但我明白,钱对人类来说很重要,钱不能用偷盗这么简单的方法得到。"

---

① 一万块:指一万元日元。

"这一点我也能理解。"

"喂,喵尔摩斯君!喵生君!"

"哎呀!喵生,是卷心老!"

摇摇晃晃地朝这边走来的不正是卷心老吗?

昨天他刚对我们说过,他不会再出门了,今天他这是怎么了?见到好久没出门的卷心老,我们的担心大过了惊喜。

"卷心老,您这是怎么了?怎么会来这儿?"

"哎呀,我听说你们朝这边来了,就急着赶过来了!二位一直照顾我,我一定得向二位道个谢!我没什么可送给二位的,这是蝉蜕下的皮,请二位尝尝……"

卷心老一见作氏,突然愣住了。

"丰……丰君!不管过去多久,不管你变成什么样,我都不会忘记,你是丰君啊……"

"卷心老,小心!"

喵尔摩斯飞奔到眼看就要摔倒的卷心老的身旁,用猫背牢牢地托住了他。

我和喵尔摩斯合力将卷心老抬到附近公交车站的长椅上,让他轻轻地躺下。

可能是天气太热了,他才站不稳摔倒的。

公园长椅处有个水龙头拧得不紧,一直有水流出。喵尔摩斯跑到那里去,把围巾弄湿,给他擦拭身体。

我不知道该做点儿什么好,便将卷心老顶在脑袋上的卷心菜叶移到了他的额头上,其实这个举动并没有什么意义。

"作氏就是丰君?这是怎么回事呢?"

"要让卷心老失望了,这是绝对不可能的事!"

"哦?你为什么这么肯定?"

"想知道为什么,你得先回忆一下昨天那个谜团,还有我参加猫拳比赛的事。"

"好吧。"

我打开记忆的闸门,将卷心老的往事理顺一番后发现,这果然是个悲惨的故事。

"你想起来了吗?跟我说说有哪些疑点吧。"

"这件事有很多疑点啊!丰氏的身体左右两侧的体温不同,这很不可思议!还有,丰氏家里那只奇怪的动物到底是什么?最让我想不通的是,卷心老落水后,丰氏为什么不握紧他的爪子呢?"

"好啦,喵生!我昨天听到这个故事的时候也说了,除了那只奇怪动物是什么以外,其他的事我都搞不明白。现在说说另一个故事吧,关于拳击手利石雄猫的故事。"

"慢着!你知道那只奇怪的动物是什么了吗?它到底是……"

"利石雄猫使用了假肢,而且是用铁这种坚硬的材料制作的假肢。"喵尔摩斯没有回答我的问题,自顾自地说起来。

"已经明白了吧,喵生?"

"明白什么了?"

我真的没弄明白,难道现在喵尔摩斯说的话里有破解卷心老谜团的线索?

"喂!铁!铁爪嘛!"

"喵尔摩斯,铁到底是什么玩意儿啊?"

"哦,原来你不明白这个啊!"

"拜托,你就从铁开始讲吧!"

"你听好,铁是一种物质……你想让我从元素符号开始讲解吗?唉,算了,是我不好。铁是一种很坚硬的材料,利石雄猫的假肢就是铁做的,先把这一点记住,可以吗?"

"可以,我记住了。"

我好像已经让他有些无所适从了,老是纠缠这些只会使他失去耐心,所以我就按照他说的,先将重要的事情放进我这个小脑袋里。

"掌握这些信息就足够了,明白吗?很遗憾地告诉你,作氏是丰君的可能性为零。"

"啊,你为什么这么说?"

我尽可能将脑袋放低,下巴几乎贴着地面。尽管我一脸谦恭地向他请教,喵尔摩斯还是瞪大了眼睛看着我。

我从他的表情看得出来,喵尔摩斯肯定在想:"这家伙真的不明白吗?"可是我都这么谦恭地请教他了,他做出这种表情也太不应该了吧!

想是这么想,不过,我也不应该什么事都计较个没完。

有关这一点,我们以后一定得制定一个规则,他要是再有这种瞧不起人的表情,我就扇他耳光。

"所以说丰氏……"

"不可能!"

"哇!"

"危险!"

可能是因为太兴奋了,卷心老从长椅上滚落下来,他努力地站起身来,呼呼地喘着粗气。

他的眼睛里布满血丝,以他现在的身体状况,这种极度兴奋的状态对他的健康十分不利。

"不行啊!您必须躺下……"

"别说废话了!"

卷心老猛地用爪子推开我,他的力气很大,完全不像一只濒死的老猫该有的力气。

"我要去见丰君!"

"卷心老……丰氏的右胳膊是假肢,是人造的!"

109

"啊!"

我终于有些明白了。

假肢!只要听明白喵尔摩斯的话就该知道,装在身上的假肢是不可能握紧东西的。

卷心老说,他清楚地记得丰氏左臂上有血,而他的右臂虽然伤痕累累,小指的指根几乎断裂,但并没说它流血。

"右臂没有流血"是因为它是就算伤痕累累也不会流血的假肢!也就是说,就算丰氏想用右手握住卷心老的爪子,他也握不住。

等一下,丰氏的身体左右两侧体温不同……哦,这也是因为他的右臂是假肢!假肢是没有体温的,摸上去当然是冰冷的……我颇有长进啊,这么快就发现真相了!

"卷心老,开心点!丰氏的右臂是假肢!他想握你的爪子也握不住!这就是真相!太好啦!"

"唉!听完喵尔摩斯君的话,我马上就明白过来了!可是我隐约嗅到了丰君的气味啊!我要见丰君!"

"啊……"

躺在长椅上的卷心老只听到那么一点点信息,就把谜团解开了啊!

"卷心老,这不像您平常的样子啊!如果听明白了我说的,那作氏并非丰氏,您也该明白了呀!您为什么这么兴奋呢?您想见他,我不阻拦,但您得先把身体调养好再去见他……"

"喵尔摩斯君,我就要今天见他!"

大家沉默了片刻,我听到了喵尔摩斯咽口水的声音。我想,他应该是全明白了!

我尽管还不完全明白,但也装出明白了的样子,跟着他咽了几下口水。

"我知道,我今天就没命了!我知道就是今天,但不清楚是什么时候,说不定就是现在,所以我必须马上去见他!喵尔摩斯君,你应该明白吧?"

"卷心老……"

原来是这样啊!上天像是终于给了卷心老一个答案。

卷心老将在今天死去,不会有错。

果真如此的话,我们的推理将毫无意义!

卷心老说作氏是丰氏,那他就是丰氏,卷心老想见他,我们就应该让卷心老去见他。

我们应该让卷心老去做他想做的事。

"让我们助您一臂之力吧!"

我从没见过喵尔摩斯露出过这么痛苦的表情。

我们到达无人售菜摊时,一群黑衣少年正围拢在钱匣子旁,而作氏不在。

这些少年是作氏的朋友吗?他们看起来都比作氏年轻。

"要是有罐头起子就好啦!"

"可恶！平常用这个很轻松就能撬开……"一个红发少年正在用刀尖戳钱匣子的底部。

这是怎么回事？钱匣子的钥匙应该在作氏的身上吧？

"喵生,这些人是小偷儿！他们想把钱匣子弄坏！"

"什么？"

"喂,你们住手！"

"啊！快跑！"

"喂,小子们,站住！喂！"

作氏从公寓里冲出来,少年们如发现危险的野兽般四散奔逃。

只有一个人没逃走——那个拿着钱匣子和刀子的少年早已吓得目瞪口呆,动弹不得。

"丰君！"

卷心老几乎要跳起来,我和喵尔摩斯用肩膀挡住了他。

那少年手持利刃,现在当然不能让卷心老靠近他。

"是你？你就是最近经常偷钱的……幸好我刚换的锁结实！你缺钱花吗？"

"……"

"你为什么不说话？"

"少废话！你去死吧！"

这少年太不会说话了,我甚至想问问喵尔摩斯："他不会不是个人,而是只猴子吧？"

"哦……我还是联系你学校的老师吧!"

作氏从口袋里掏出一块彩色鱼糕状的东西——人类称其为智能手机。

可能这块"鱼糕"太可怕,少年开始不知所措了。

"喂,别打!"

"不行!我还要通知你的父母,你必须认错……"

"可恶!别说啦!"

少年的手探向手握手机的作氏的右臂,他手里仍握着刀子……

"小心!"

喵尔摩斯纵身跃起,卷心老的眼睛和嘴巴张得很大。我吓得用爪子捂住双眼,只听到"咔嚓"一声响。

我慢慢移开捂住双眼的爪子,只见极道用右臂挡住了刀子。

刀尖扎进了极道的右臂,好在扎得不深,极道连看都没看一眼,就开始回击少年。他的右臂竟然没有流血!

"好大的胆子,敢伤害阿作!"

"啊!"

"哦!"极道一记漂亮的右直拳让喵尔摩斯情不自禁地叫出声来。

少年被揍得身子转了两圈跪倒在地,脑袋"嘭"地磕在地上。

"大哥,你没事吧?"

"没事儿!一点儿伤……都没有!"

极道甩了甩右臂,将刀子甩到了硬硬的地面上。

掉在地上的刀子看起来很锋利。

啊,刀子看起来太可怕了!我非常讨厌刀具!

"真是奇迹!"

喵尔摩斯突然大叫了一声,被喵尔摩斯的猫叫声吸引,两人同时朝这边看过来。

"喂!喵尔摩斯君,让我和丰氏再会,现在不就是最合适的时机吗?"

"当然,卷心老!一定要跟丰氏来个最后的拥抱!"

我看看喵尔摩斯,喵尔摩斯点点头,于是我松开了卷心老。

恢复自由的卷心老摇摇晃晃地走向作氏。

"你是……不会吧!这不是卷心菜吗?"

接着,作氏……不,极道将卷心老抱了起来。

"哦?"

卷心老也愣住了,他又抓又咬地闹腾着,意思是"不对,不是你",但他很快就老实了,喉咙里发出了"咕噜"声。

"就算我年纪再大,我也不会忘记你!你是卷心菜吧?"

"是啊,丰君!我也忘不了这触感、这味道!"

卷心老可真会说好听的!刚才他还把作氏当成丰氏呢!

"你的身子挺虚弱啊……对了,阿作,拿卷心菜来!"极道递给作氏一张纸币。

"咦?这只猫叫卷心菜?用卷心菜喂猫?"

作氏从极道手里接过钱,将翡翠卷心菜拿到卷心老的嘴边。

"哦……这就是小时候卷心菜的味道啊,丰君……"

卷心老的语气像只小猫崽,他用两只前爪紧紧抱着卷心菜,"咯吱咯吱"地啃着。

卷心老的眼睛和嘴巴都放松下来,表情极为安详。

"我想问问你,丰君……你喜欢我吗?"尽管人类听不懂猫语,但卷心老还是这样问道。

"你啊!我到处找你啊!我在城里到处贴告示……你失踪以后,我是多么伤心、多么孤单啊!"

"啊,是这样啊……原来如此……"

"喵尔摩斯……"

喵尔摩斯对我连连点头。

卷心老说他小时候很多人想捉住他,或许是那些人看了告示,想保护他吧!

后来,长成成年猫的卷心老已经得不到人们的关注了……多么讽刺啊!

如果当时他被那些人捉住了,他说不定就能回到丰君的身边了!

"让你伤心了……对不起!对不起啊,丰君……"

泪水从卷心老的脸颊上滚落下来。

"能再见面我已经很满足啦……以后还能在一起……"

"哎,听不见了,这次是真的要结束了!嗯……活着多么美好啊！好吃的卷心菜、丰君、朋友们,世上的一切都让我无比喜爱！我真舍不得大家啊！我最后要说……"

"卷心菜……"

"那种活法不适合丰君啊……再见！"

"你说什么？喂,卷心菜！喂,不会吧！我好不容易才找到你,卷心菜！"

卷心老脑袋一歪,小小的额头抵在卷心菜上,他像睡着了一样死去了。

卷心老头上顶着的卷心菜叶轻轻滑下,无声地落到地上。

他被当作卷心菜的赠品卖掉,以卷心菜为名生存下来,如今他抱着卷心菜死去了。

如果那个极道真是丰氏,那卷心老就是被他最爱的丰氏抱在怀里,并且紧抱着他最爱的卷心菜死去的。

这真是令人羡慕的死法！

我最终会以怎样的死法死去呢？希望是个美好的死法。

"走吧,喵生！"

"嗯！"

剩下的就交给他俩吧！

踏上归途前,喵尔摩斯冲刚刚清醒过来的少年打出一记直拳,他又昏了过去。

"别妨碍他们感人的重逢！"

确实如此。

"我说喵尔摩斯,你应该也注意到了……"

卷心菜对丰氏说,"那种活法不适合丰君啊",丰氏似乎听懂了。可丰氏怎么能听懂猫语呢?

"你是想说卷心老临终说的话吧?我也注意到了,不过,我不认为这有什么问题,也无意调查。'奇迹发生了!'这样理解就好。你要嘲笑我,说这不像我的风格吗?"

"当然不会……这样理解就好!"

是啊,这样理解就好!似乎只能这样说了。

卷心老的心意肯定传达给丰氏了。

4

"死兽处理日[①]"结束后,喵尔摩斯在卷心老的住处解开了事件中其他的谜团。

吊唁者都已散去,失去主人的房间里只剩下我和喵尔摩斯两只猫。这里显得空空荡荡的,很难想象我们曾在这里与卷心老促膝长谈。

"有关假肢的事,不需要我再解释了吧?"

"嗯……"

---

① 死兽处理日:专门处理猫、狗等动物尸体的日子。

假手和假脚,人类都能做出来。

丰氏用的是假手。

"真的吗?好吧!那你想知道什么?"

喵尔摩斯又来这一套了!

我若是回答得不恰当,就会暴露出自己什么都不懂的事实,那还不如不说。

"你为何认定作氏并非丰氏?丰氏被刺那天,你才知道极道就是丰氏吧?"

"好问题!你是个优秀的听众,也是个优秀的提问者,这个问题值得一说!"

我提出的问题被喵尔摩斯肯定,仿佛我参加的考试成绩合格了。

"作氏绝对不可能是丰氏,因为他没有假手。"

"你仅凭肉眼观察,就知道人的手是真是假吗?作氏的手不是假手的证据在哪里?我们区分不了人类的手是真是假吧?"

"仅凭肉眼观察,我也区分不了人的手是真是假。不过,你记得吗?作氏的右臂被蚊子叮过,没有皮肉的假肢不会被蚊子叮。你能明白吗?仅凭这一点,我就可以断定他不是丰氏!当然,人类的手脚要是能再生的话就另当别论了。"

啊,作氏的右臂的确被蚊子叮过。

"还有,作氏太年轻,卷心老是只猫崽的时候,他应该还是婴儿吧！"

"婴儿……婴儿是什么东西？"

"婴儿类似小猫崽，就是刚出生的人啊！卷心老讲的往事里不是也出现过吗？"

"出现过吗？"

"就是卷心老提到的'奇怪的动物'嘛！"

"什么？那不是动物？"

"好吧，让我解释一下！人类婴儿身体的大小接近成年猫，会在夜间发出不属于任何语言的奇怪叫声。"

"哦……"

原来人类也有大小跟我们相近、智力比我们低下的时期啊！

不知为什么，我觉得与人类一下子亲近了许多。

"丰氏是家里的长子，对吧？所以，我立刻就明白作氏并非丰氏了。作氏称丰氏为大哥，这也提醒了我。"

"原来如此！"

我曾误以为作氏也是极道，误以为"大哥"是那个"极道大哥"的意思，但那其实是"亲哥哥"的意思啊！也许是因为他们两人差别太大了，所以才会让人摸不着头脑吧。

"最可靠的证据是丰氏被刀子刺中时的反应，他看起来不痛不痒的，从胳膊上甩下的刀子上也没沾血。作氏的哥哥、装有假手的人……这就已经能断定他是丰氏了。"

这是一个多么曲折的故事啊!

如果作氏和丰氏不在现场,如果持刀少年不在那里,如果没有最关键的喵尔摩斯,那卷心老到死都会误以为作氏就是丰氏,他也就不可能在自己最喜欢的丰氏怀里吃着最喜欢的卷心菜死去了。

"就说到这里,打扫卫生吧!"

"就这么办!"

很快,这里又将成为其他无家可归的动物的安身之所了!

虽然不知道会有什么样的动物住进来,但我们得把这里打扫干净!

"这是最后的卷心菜啊!"

喵尔摩斯边嘟哝边用蔫了的卷心菜叶清扫地面,我决定不问他这句话的意思。

看得出来,喵尔摩斯的背影正在对我说:"暂时不要跟我说话!"

🐾

一天傍晚,凉爽的风轻轻地吹过来,我不禁想:"莫非秋天来了?"

我、喵尔摩斯和二丁目的鹦鹉昆比·丽兹在去音乐会的路上见到了丰氏和作氏。

推着一辆手推车的丰氏头发剪短了,眉毛也变粗了,看起来年轻了许多。车上装着被什么东西塞得满满的袋子和看起来很重的工具。

我确信丰氏脱离了极道团伙。

这不足为奇。

"那种活法不适合丰君啊……"

我想,丰君大概是领会了卷心老的意思了吧!

看着并肩而行的丰氏和作氏,我觉得他俩很像,他们果然是亲兄弟。

"喂,快走!卷心菜农户四季无休!咱们要早点儿回去准备明天的活儿!"

"可恶,你是我弟弟!"

"这跟哥哥弟弟无关!大哥,你太久没干农活儿了,我反倒像你的前辈了!我们是'丰作[①]兄弟'嘛,必须鼓足干劲儿!"

"这是大叔取的名字吧!太丢人啦!小时候咱们没少被亲戚们嘲笑!说什么'阿丰和阿作是大丰收兄弟'!这话太伤人了!别说了,影响心情!"

"喂,在叔叔面前绝不能提这些事!种卷心菜的地是叔叔借给我们的,而且,咱们身上还背着'那个'欠的债,不能惹恼

[①] 丰作:日语中"丰"和"作"两个字合在一起构成"丰作"一词,有"丰收"的意思。

叔叔!"

作氏指指丰氏的右臂。

"哼!可这'能动的假手'也太贵啦!我还不习惯它,真想把以前装饰用的假手换回来啊!不过连锄头都握不住的话,我也干不了活儿啊……"

"这不是挺好的嘛!'想退出组织,不要你剁小指赎身,但要你留下一条胳膊',没想到极道头目会说这种俏皮话!"

"能跟叔叔借到钱全靠你啊,那人的脾气比极道还坏……"

令我惊讶的是,丰氏的右手能握拳也能张开了。

我虽然弄不清楚能动的假手为何物,但我仍对人类发明创造的能力感到佩服,对"猫根本无法战胜人类"这一事实感到失落。

喵尔摩斯没有察觉到我的情绪变化,他甚至都没正眼看他们,只是兴高采烈地哼着歌剧里的某个唱段。

猫忘事很快,一般的猫忘事没什么可大惊小怪的,但喵尔摩斯应该不可能这么快就把他们忘了……

"喵——"

"什么声音?"

一只长着一双大大的圆眼睛和一身漂亮的茶色毛发的小猫从手推车上工具堆的缝隙中露出头来。

"喵——"

"咦?哎呀!"

"喂,今天也去卷心菜地里干活儿啊!心情不错嘛!"

"喵——"

"回家路上注意安全!"

"喵——"

喵尔摩斯跟小猫好像已经很熟了。

我还在发愣,手推车和兄弟俩都不见了。

"他的名字叫卷心菜。丰氏剥开一棵大卷心菜时,他就睡在里面。他最爱吃卷心菜,最爱缠着丰氏。"

"喵尔摩斯,这算是……"

"有种说法叫转世,又叫重生。我不相信这类迷信的说法,但我对此保留意见。我是猫中最聪明的,可有关人类和这个世界,我不知道的事情实在太多。这个课题太大了,也许我要一直研究到晚年。到时候,我还要请你做我的助手!想必你也注意到了,他们现在非常幸福。这就足够了!快,剧院的灯已经亮了!现在稍微走快点儿,还能赶得上亨策[①]的那首曲子!"

[①] 亨策:指德国作曲家、指挥家汉斯·维尔纳·亨策(1926-2012)。

翻车鱼町的"妖怪"

1

我闭上眼,慢慢地做了三个深呼吸,又用了比闭眼时多一倍的时间慢慢睁开眼,然后平静地站上一直用作演讲台的水泥管堆。

我今晚要讲的,除了喵尔摩斯的传奇故事之外,还有我的爱情故事以及我心爱的母猫获得幸福的故事。

虽然我心爱的母猫获得了幸福,可我心里至今仍感到寂寞和痛苦。

对那些只想听喵尔摩斯传奇故事的动物们来说,我的爱情故事可能无关紧要,然而为了让大家了解喵尔摩斯这只看似高傲冷漠的猫实际上非常看重友情这一点,就不得不讲讲我那悲惨的爱情故事。

看着她获得幸福,我的心仿佛被掏出了一个大洞,这大概就是所谓的失恋吧。我这辈子再也不想体验这种感觉了。

"喂！"

夫人轻轻拍了一下我的脑袋。

"你反省过了？"

"喵呜……"

我当然反省过了。

我偷偷地钻进夫人的被窝儿，干爽的床单刺激了猫的本能，我没忍住，撒了一泡尿。这件事令我羞愧不已。虽然我没有见过大海，但是我必须作出比大海还要深的深刻反省。我清楚地认识到了这一点。

不过，猫是一种明知道自己做了坏事，也很难反省的动物。如果猫激怒的对象是与猫语言不通的人类，那就更麻烦了。

我不知道该如何反省，只好挺直腰板儿，静静地坐下，一动不动地盯着夫人。

"你这表情真可爱啊！哎哟……"

夫人身体纤瘦，力气却大得出人意料，她将被子和褥子同时拎起来，往浴室走去，嘴里嘟哝着："猫可真轻松啊，什么事都不用操心！"

我依旧目不转睛地看着她。

猫很轻松？什么事也不用操心？根本没有这回事！

如前所述,我的心中常常充满恐惧感,我会因担心"从天而降的拳头打在脑袋上"而浑身颤抖不已。

可怕,太可怕了!

"有什么东西砸到脑袋上很可怕吧!"

喵尔摩斯从我的面前走过,跳到他常坐的安乐椅上坐下。

我的心思又被他看透了啊!唉,这也用不着推理,谁都能一眼看出我的心思吧!

"要拿捏好分寸,喵生!这是反省的诀窍!反省过头,会陷入自我否定的泥沼。"

"嗯……"

喵尔摩斯说得对,反省过头可不好。我反省得够充分了。

我用爪子抹了一把脸后叫道:

"好,散步去!"

"嗯!"

反省结束。从现在开始,我不需要再反省了。

"我想让他们成为这里的家猫!"我坚定地说道。

"你好好反省一下吧,喵生!"喵尔摩斯淡淡地说道。

"为什么?"

"你是傻瓜吗?"

"也许是吧!"

他刚才不是还说反省过头不好吗?

"我到底是给你添麻烦了啊!"

艾琳是一只拥有一双蓝色眼睛的漂亮白猫,此刻,她正将自己还没睁开眼睛的儿子驮在背上,在我和喵尔摩斯之间不安地走来走去。

"啊,没关系!夫人来了,她会好好照顾你们的!以后咱们慢慢聊!"

"哎呀,漂亮的小猫咪!啊,还有一只小奶猫!"

见到以前没见过的猫,夫人当然不会沉默。

母子俩还没来得及叫喊,就被夫人带走了。

他们应该不会被虐待,夫人一定会给他们最好的照料……不,是最好的款待。

"你能说说为什么要收留他们吗?"

"嗯……"

家里有猫瓣门,常年备有水和猫粮。因此,有很多猫聚集于此,其中有流浪猫,也有家猫。

因为夫人喜欢猫,所以分给来这里的流浪猫一些吃的根本不成问题,但要把他们当家猫养在这里,那就另当别论了。因此,喵尔摩斯动怒也在情理之中。

在"珍贵的莎草纸"一案中,夫人得到了一定数量的彩票奖金,生活轻松了许多,可照顾那么多猫,夫人的身体也吃不消啊!

就算夫人照顾我和喵尔摩斯不需要太费心,但是再多养两只家猫,对夫人来说,肯定也是个不小的负担。

"你啊……"

"不能不管他们啊,喵尔摩斯!"

"但管起来没完没了啊,对吧?"

"……"

的确如此,附近的流浪猫数不胜数。我知道,将他们全部收留,救助他们,纯属痴心妄想。不管是夫人、我们,还是动警们,大家的能力和精力都是有限的。

然而,看到走在路上的艾琳突然站住并轻舔小猫崽后背的样子,我全身像被雷击中一样受到了冲击。我也有母亲,我已记不清她的样子。小时候的我非常喜欢让我的母亲帮我梳理毛发。回想着往事,我突然萌生出"必须保护他俩"的念头。

"就这一次,拜托了!"

"让他们长期住在这里?我可没法儿让你如愿哦!"

事情最终是否如我所愿不得而知,但不管怎样,我现在总算得到了喵尔摩斯的临时许可。

跟夫人商量,我们也只能相互"喵喵"地嚷嚷,但结果还是令我满意的,夫人同意让艾琳和小奶猫杰克(因为小奶猫还没正式取名,所以暂时这样叫他)在家里住一段时间。

不用说,喵尔摩斯不喜欢母猫。

我已经去势,应该不可能爱上艾琳,更不可能对她产生情欲。可艾琳给杰克喂奶时,屋里的气氛还是有些尴尬。

"在二位面前失礼了!"

"没……没什么!"

"妈妈给孩子喂母乳是理所应当的,不必放在心上,什么也不用说。"

我一会儿将前爪弯来折去,一会儿又用后爪不停地挠头,可谓心神大乱,而喵尔摩斯依旧沉着冷静。

我不知道该将视线投向何处,只好紧盯着吃饱喝足后摇摇晃晃地走来走去的杰克。

此刻,杰克玩得正开心。他倒在地上,抱紧一个空塑料瓶,嘬起了瓶盖。

他是只老实得令人担心的小猫崽。他几乎不叫,即使叫,也只是"喵呜"一声,不带有任何含义。

看来,想让他学会说话,还需要多给他一点儿时间。

"啊,还是娘儿俩在一起比较好啊!嗯,不太好办啊……真不想让他们母子分离呀……"

夫人正在为艾琳母子寻找收养他们的家庭。

我倒觉得让他俩在这里生活也不错,可不管我愿不愿意承认,喵尔摩斯才是这里的老大。

对其他流浪猫都和蔼可亲的喵尔摩斯,却经常对他俩冷眼相待,这会让他俩难以在鲣鱼之丘平安地生活下去吧!

夫人也觉察到了这一点,她似乎正在寻找能同时接受艾琳和杰克两只猫的收养家庭。

一起床,夫人就将铅笔夹在鼻子和上唇之间,在屋里走来走去,不停地说:"太难啦!太难啦!"

可她在家里时为什么总是不穿长裤而只穿短裤呢?出门时她倒总是穿着牛仔裤。

"不好意思……"

艾琳静静地走向猫砂盆,哗哗地撒了一泡尿。

不光是母猫,任何动物都会自然地做出这种举动,可是我又心神不宁了。

"别胡闹了!"

"你说谁呢?"

"我说她啊!"

艾琳正一边小便一边朝喵尔摩斯挥舞着爪子,她每次小便都会做这个动作。

很早就丧失了雄性机能的我并不了解,发情期母猫的尿液里含有荷尔蒙,据说,公猫会被这种气味吸引。

也就是说,艾琳通过挥舞爪子,将尿液中的气味传递给喵尔摩斯,以达到诱惑他的目的。

她的这一行为使我非常苦闷。

艾琳也经常跟着我们工作。她在这里才住了几天,就明确地给我和喵尔摩斯排出了"公猫的位次"。

当然,"强壮聪明"的喵尔摩斯排在第一位,我作为喵尔摩斯的"感情丰富的听众"以极大的差距被排在第二位。

一天夜里,喵尔摩斯对我说:

"母猫都喜欢给公猫排位次,我最怕她们这一手……唉,明说吧,我非常讨厌她!就算有夫人帮忙看孩子,她能把孩子扔下跟我们去工作吗?我最烦的就是她在背地里说你的坏话,我实在无法容忍!"

太过分了!我也知道她在背地里说我"就是喵尔摩斯的跟班"。这算什么啊!不过,我倒觉得这种话在背地里说要比当着我的面说好多了。

艾琳还曾经将自己的尾巴缠绕在喵尔摩斯的尾巴上,嗲声嗲气地喃喃细语,甚至要将气味蹭上去。

当然,喵尔摩斯拒绝了她,他说:"如果你还想住在这里的话,请你别这样,好吗?"

喵尔摩斯把话说到了这个份儿上,艾琳便不再黏着喵尔摩斯了,但她仍不时地发动荷尔蒙攻击。

喵尔摩斯当然是单身,艾琳也是。这么说来,艾琳不应该有个伴侣吗?

杰克应该有个父亲吧……

"嗯……"想到这里,我的心里又焦躁起来。

这焦躁是因喵尔摩斯而起,是因艾琳而起,还是因杰克的父亲而起呢?

"你那是忌妒啊,喵生!哦,你是恋爱了吧?"

坐在安乐椅上的喵尔摩斯的声音落到我的脑袋上。

"什么?"

是这样吗?

他又在读我的心了?忌妒?恋爱?

我想起第一次见到她时所受的冲击,那就是俗话说的"一见钟情"吗?这就是恋爱,而且还是单恋!我听说过这种事,但没想到它会让我如此痛苦。

可是恋爱不该是与生儿育女的欲求并行的东西吗?已去势的我竟渴望爱情,这简直就是个笑话啊!恋爱啊……我为什么会喜欢上她呢?虽说我喜欢她,可为什么我没想过让她也喜欢我呢?为什么我会希望她能找到一个收养他们母子的好人家并过上幸福的生活呢?爱情确实像谜团一样难以理解。

无数个"为什么"在我的脑海中盘旋,无休无止。

"我应该冷静下来!这段既非发情又非本能的感情荒唐至极……"

"喵尔摩斯先生,我有事找您商量!"

"呜哇——"

我还是不习惯警部前扑滑垒①式的来访,我又"扑通"一声向后摔倒。

"哎呀,是警部先生啊!能接受动警的委托,喵尔摩斯先生可真是太厉害啦!"

艾琳用水汪汪的眼睛盯着喵尔摩斯,她总爱说这种恭维话,但喵尔摩斯看都不看她一眼,径直走到警部身边。

"你好,警部!今天是什么案子?"

"您好,喵尔摩斯先生!你好,艾琳太太!艾琳太太还是这么漂亮啊!"

"讨厌!警部先生真会说笑!"

警部的毛病又发作了,他连声称赞艾琳,艾琳又问了他许多问题。大家一直都没有聊到正事上。

看着耐心地听警部闲聊的喵尔摩斯和艾琳并肩而坐,我觉得这对英雄美人实在是太般配了,我连跟他们坐在一起的勇气都没有了。

我是只碍事的猫吗?我的心情糟透了。

夫人只顾着摆弄她的手机,由于玩得太专注,她好像连警部来了都没注意到。

"喵——"

什么声音?我心头一动,侧耳细听,那并非物体发出的声

---

① 前扑滑垒:棒球运动术语。

音,而是动物的叫声。

杰克像要打哈欠似的将嘴巴张得大大的,声音虽然很小,却像是用上了他所有的力气。

只有他没参与到聊天儿中来,莫非他感到孤单了?

注意到这微弱的叫声的好像只有我,我不知道自己能做些什么。我尽量不打扰夫人和喵尔摩斯他们,轻手轻脚地走到杰克身边。

"喵——"

杰克像是困了,他的眼睛半睁半闭。

"怎么啦?"

"……"

他将爪子按在我的眼睛下方蹭了起来。

"哎呀!"

我不觉得疼,但觉得很痒。

我没什么育儿经验,一时不知如何是好,姑且由着他来吧。

"喜欢蹭就使劲儿蹭吧!"

杰克不停地蹭着。

"哎呀!"

"啊?"

杰克由着性子蹭了我一会儿之后,竟一下子睡了过去。

小奶猫真是种不可思议的生物,没有人知道接下来他会做出什么事。

我叼起毯子,把它拖过来,盖在杰克身上。

"就这样吧。"

已经去势的我一辈子都不可能有孩子了。

此前从未有过的情感向我袭来。

"是这样啊!"

我这一辈子都当不了父亲了!

我略感失落,将鼻尖贴到杰克的鼻子上蹭了蹭,他在睡梦中露出惬意的表情并翻了个身。

他真可爱!

"喵生,你过来!你在干什么呢?"

"嗯……"

我走到他们身边,恰巧是闲聊告一段落,正要进入正题的时候。

"是住在翻车鱼公园里的鸟和狗报的案。"

"哦,是翻车鱼公园啊!"

翻车鱼公园以前是什么情况不得而知,反正现在已经没有人管埋了。如今那里已经成了一个草木丛生、有些阴暗的自然公园。

"你们在翻车鱼泥塘里发现了死者?"喵尔摩斯一边问警部,一边推开紧贴着他的艾琳。

翻车鱼公园里的大土坑积存了许多雨水,形成了翻车鱼泥塘。

由于有许多动物掉进翻车鱼泥塘里遇险,喵尔摩斯建议大家"最好用土填平泥塘",但事情拖到今天也没有得到解决。

喵尔摩斯说,这就是所谓的官僚作风。

"没错,大家在翻车鱼泥塘里发现了死者,据说是溺亡的。"

"什么?不可能有这种荒唐事!"

"喵尔摩斯,你为什么认为不可能呢?"

"喵生,那个泥塘很浅啊!它只是个存了点儿雨水的大水坑罢了。此前多次发生过动物掉进翻车鱼泥塘的事故,但他们都靠自救脱险了。只要不是全身被紧紧缠住,掉进去的动物就不会溺亡!"

"说得对,喵尔摩斯先生!"

"哦?"

"被害鸟就是'全身被紧紧缠住'陷入泥塘的……他是被'怪物'缠住的。"

"怪物?"

可能是因为害怕,艾琳贴紧喵尔摩斯。

喵尔摩斯听着警部的讲述,露出一副已经知道了这些情况的样子。

"那我就说说翻车鱼公园里发生的两起案件吧!"

2

"先说那只狗的案子吧。那位受害者活下来了,现在正在居家治疗。前几天下雨,那只狗钻进翻车鱼公园,沿着小路往家跑。"

"嗯。"

"那只狗听到'扑通'一声,站住抬头一看,发现大量厕纸似的东西挂在树枝上,随风摇摆。"

"厕纸?"

厕纸大概就是人类厕所里那种神秘的纸张吧!

喵尔摩斯当然知道那东西,我和艾琳也常听到夫人在厕所里大叫:"厕纸没了啊!"因此我们都知道那种纸。

"那些厕纸是从天上掉下来的吗?"

"似乎是。"

"请接着说。"

神秘的厕纸从天而降,听到这里,我就觉得这起案件令人毛骨悚然,但喵尔摩斯依旧非常冷静。

"那只狗就那么愣愣地盯着厕纸,连急着回家的事都忘了。"

"可以理解!"我附和道。

如果看到大量厕纸从天而降,挂在树枝上摇晃,我也会愣住吧!

"接下来,喵尔摩斯先生,摇晃的厕纸发出'咝咝'的声音,活像一条盯住猎物的蛇,还扭动了起来!"

"好可怕啊!"艾琳吓得背上的毛都竖起来了。

我也吓得不轻,但我控制住了自己,没让自己失态。

"接着,那厕纸就袭击了愣在那里的狗。"

"厕纸会袭击狗吗?那可能是一匹棉……"

"喵生,你是想说那可能是一匹棉布吗?"

"不要老是读我的心!不过我刚才确实那么想过……"

一匹棉布也好,一卷厕纸也好,我们都无法确定它是什么,也可以说它是某种"妖怪"。

它是拥有意志的东西,能勒死敌人……不会真有这种事吧?

"一匹棉布?不会是因为厕纸太长你就把它当作一匹棉布了吧?就当它是棉布吧。狗被落下来的棉布击中了头部,当场失去了知觉。"

"等一下,无论从多高的地方落下来,纸或布也不至于把狗打昏吧?"

"据说那棉布坚硬得像石头一样,而且那棉布在狗醒来后就不见了……"

"胡说,这肯定是骗人的!"

"艾琳太太,请您冷静一下!事实确实如此。这算是翻车鱼町的'妖怪事件'吧!这可真是个疑案……好大的谜团啊!"

喵尔摩斯嘴上这么说,心里可能在暗暗高兴。

这家伙总是这样,谜团越大,他就越高兴。

身为他的搭档,我觉得他既可靠又可怕。

"警部,从翻车鱼公园入口一直往里走,公园尽头的栅栏对面有一栋废弃的大楼,对吧?"

"废楼?啊,确实有座废楼!那里至今还有些小案子呢……喵尔摩斯先生,不管怎样,那些小案子跟眼前这个案子无关吧?"

"不好说,我记得以前那里有杂货铺和医院,有些事可能不只是巧合!请警部给我讲讲关于那座楼的事!"

"既然您都说到这个份儿上了,那么我就讲讲。"

我和喵尔摩斯都认为,案子没有大小之分,但翻车鱼废楼的案子似乎并不紧急。

那个案子是这样的。从翻车鱼废楼上开着的窗户里掉出了软布带模样的东西,当时有几只狗和几只猫因那些布带而受了伤。据说,有些品行不端的外来流浪猫住在那个楼里。

太多外来流浪猫搞破坏,警部也很头疼,总想找机会逮捕几只,让他们改邪归正。不过他们并没有留下伤害别的动物的证据,他们也没坏到需要警部将他们驱逐出去的地步。动警一来,外来流浪猫们就假装很老实,所以动警们也拿他们没办法。

"喵生,你还记得利石雄猫说过,在我之前,他还有另一个挑战者吗?那家伙威胁利石雄猫说,自己是从某个镇子来的青年组织的头领,肯定要回来报复的。慑于利石雄猫的气势,那家伙也没有回来报复,那件事最终不了了之了。自那以后,我一直在寻找这个青年组织,说不定他们就是!"

"嗯,我记得这件事!"

我还记得那天喵尔摩斯说自己有挫败感,他的那些话对我冲击极大。

"你真是帮了我一个大忙!你这样说,那应该就没错了!我脑袋里经常导入新谜团,对较小的疑点,常常会记不清楚。这种时候,我绝对不会忘记借助凭感情来记忆的你的力量!"

"用不着这样夸我吧!"

喵尔摩斯平时不会说恭维话,突然被他这么一夸,我还真有点儿不好意思。

艾琳恶狠狠地盯着我。喵尔摩斯夸我,她大概很不痛快吧。

我绝不可以飘飘然!虽说不可以飘飘然,但得到夸奖的我,到底还是翘起了尾巴。

"喵尔摩斯先生,我们回到正题上吧!"

"正题!哼!你还不明白啊!如果我的推测正确,那动警就可以将恶猫团伙一网打尽了!唉,算了,接着说吧……"

"喂!"

"好痛!怎么又来了?不过,谢谢你!"

我用爪子轻轻拍了一下喵尔摩斯的脸颊。这并非猫拳,也不是打他耳光,这算是猫掌吧。

"喵生先生,你太过分了!"

艾琳大吃一惊,但最近这段时间,这种事儿对我们来说并不少见。

喵尔摩斯总是瞧不起别的猫,他那副"怎么连这点儿小事都不懂"的表情相当伤人。

他也说要改掉这个毛病,所以我就在他每次露出那副嘴脸时,用尾巴敲他的屁股,用爪子拍他的脸。

警部也知道我们之间的这个约定。

"喵尔摩斯先生怎么还道谢?请喵生先生道歉!"

"艾琳太太,请你稍微安静一点儿好吗?喵生君什么错事也没做,他这么做是为我好!"

"……"

艾琳好像还有什么要对我说,不过她憋了回去。

"哎,说到哪儿了?"

"该说翻车鱼泥塘了。"

"啊,对,请这边来。"

"好的。"

警部将从猫瓣门伸进来的脑袋缩了回去,接着,一只身上有茶色和白色花纹的鸟进了屋。

这是只比麻雀大、比燕子小的鸟,它全身毛茸茸的。

"喂!"

"喵——"

这次是喵尔摩斯在我的脸上打了一猫掌。

"咦?"

艾琳的反应不像刚才那么吃惊了,她可能在想:"喵尔摩斯先生干得漂亮!喵生活该挨揍!"

"警告你!"

"嗯……"

见到鸟就想捕食,我又转为狩猎状态了。我们约定,每到这种时候,喵尔摩斯就用猫掌拍醒我。

"怎么啦?"

"没什么,这是我们的问题,请别介意!请问您怎么称呼?"

"哦,我是一只无名候鸟,如果称呼起来不方便,就叫我'无名氏'吧!"

"那我们就称呼您为'无名氏先生'啦。"

"好的。"

警部的脑袋又从猫瓣门伸进来,无名氏开始讲述事情的经过。

"那是只我没见过的鸟。"

无名氏把脚和翅膀搭在一起坐下。

他那毛茸茸的样子活像一种名叫猕猴桃的水果,逗得我差点儿忍不住笑起来。

"警部是想让我说翻车鱼泥塘的事,对吧?那天刮台风,我们那支候鸟迁徙队正风雨无阻地飞着,经过那一带时,飞在我前面的鸟突然不飞了,他好像在愣愣地看着什么。我朝那家伙盯着的地方看去,天啊,一匹棉布正在空中飞!"

无名氏可能一直在警部身后听我们说话,所以他很自然地就用上了"一匹棉布"这个词。

"我当时挺害怕,就跟那家伙一起后退,跟那一匹棉布稍微拉开了些距离,以便查看情况。谁知,棉布突然朝那家伙冲了过去!我吃了一惊。那棉布简直就跟活物似的,扑到那家伙身上并缠住了他。他的身子动弹不了了,接着就摔进了泥塘。我想提醒他小心时已经晚了,那家伙只能从泥塘里露出脸来,我赶紧去叫动警来救他,我回来的时候,他只剩喙尖露在外面……最后'咕噜'一声,他就不见了!"

我和艾琳同时叹了口气。

一匹棉布……这真的是棉布吗?会不会是某种未知生物呢?我有我的推理,而喵尔摩斯又在问警部关于废楼的事。

"警部,请多讲讲那座废楼的事吧。你们最近什么时候去过那里?"

看得出警部心里有些纳闷儿,不明白喵尔摩斯问这个有什么用,因此他回答得很敷衍。

他为什么非要纠结这座废楼的事呢?

"我没去,我是派部下去的,至于是什么时候去的,我记不清了……"

警部似乎跟我有同样的想法。

"那里有流浪猫,对吧?那座楼里有学校,有报摊,还有美容院和医院。"

听到"医院"这个词,除了喵尔摩斯之外,在场的所有动物都绷起了脸。

医院里有兽医。

"医院"和"兽医"这两个词,连流浪动物听了都害怕。

"这是个费力气的活儿啊!首先要把翻车鱼泥塘里的尸体拖出来,那只鸟一直陷在泥塘里太可怜了!警部要是觉得这样做有些危险,可以等到积水退去再把它拖出来。我们可以用杠杆原理把鸟弄出来。这很简单。另外,可能的话,让我也跟那只狗聊聊……"

3

麻烦来了。

艾琳想跟喵尔摩斯去翻车鱼泥塘,喵尔摩斯拒绝了她的要求,他让我陪他一起去。

结果,因为算上警部仅有两辆犬车,艾琳硬要警部再增派一辆犬车,在增派的犬车到来前,我们只能干等,这令喵尔摩斯十分着急。

"艾琳太太,你这样的女士没必要去一只鸟被害的现场!唉,我明说吧,希望你不要碍事!"

"别这么说,喵尔摩斯先生!我的学识相当渊博,和那位有点儿迟钝的喵生先生相比,我更能派上用场……"

艾琳看了看我。

刚才喵尔摩斯夸奖我,她就非常不痛快,现在她的眼里竟有了蔑视的神情。

的确,我在短短的几天里就被她看透了。我确实是只脑袋不太灵光的笨猫,而且我也发现她非常精明,比我聪明多了。

或许她比我更适合当喵尔摩斯的助手。

就算我跟着喵尔摩斯去了现场,也只能随声附和他那些意思不明的自言自语,或者问些莫名其妙的问题,被他嗤之以鼻。

"艾琳太太,你刚才的那些话,让我与你一起行动的那点儿极其微小的可能性也彻底消失了。没有哪只猫会在自己的搭档被恶语中伤时心平气和!"

"我不懂你说的'搭档'是个什么玩意儿,优秀的公猫需要优秀的母猫,这难道不是常识吗?喵生先生有什么值得你称赞的地方?我无论如何都不明白!"

喵尔摩斯终于朝艾琳露出了那种轻蔑的表情。

"他具有'善良'与'自我牺牲'的品质,他凭感情而非本能做事,很有人情味!"

以下这些话如果是从其他猫的嘴里说出来的,可能会被当成笑话,但喵尔摩斯说出这些话,我们却无法否定。

"我从小就非常孤独,因为我是天选之猫。不管是人还是猫,甚至连我的父母都没有平等地对待过我。我总是被畏惧、被蔑视,有时还会被仰慕!接近我的,大都是你这种打算遗传所谓的优秀基因生儿育女的母猫!夫人和喵生却和你们不一样,他们充满了人情味……"

喵尔摩斯看看夫人,又看看我,脸上露出一丝笑意。

"他们把我当作普通的猫看待,把我当成朋友。这有多么了不起,你明白吗?"

说到这里,喵尔摩斯对我耳语道:

"糟了!我所理解的'人情味'好像和'女人味'差不多。"

说完这句玩笑话、打算从我的身边走开的喵尔摩斯,被我狠狠地拍了一猫掌。

我认为这是他应该得到的。

"我不是说过,少摆出那副嘴脸吗?"

"失礼了,艾琳太太!让我先去吧!喵生,你也快些追上来!拜托你了!"

"快跑!"

喵尔摩斯跨上一辆犬车,他将脸紧贴在狗脖子上。

"狗儿啊,快!"

"汪汪!"

喵尔摩斯用右脚轻轻踢了一下狗的侧腹,犬车猛地狂奔起来。

"跑远了啊……"

喵尔摩斯刚才动怒了。

"没有哪只猫会在自己的搭档被恶语中伤时心平气和!"他是这样想的啊!

我喜忧参半,喜的是他为我动怒,忧的是这句话又惹恼了艾琳。让喵尔摩斯想起以前经历过的那些不快,这让我深感歉意。

毕竟他也是只猫嘛!

"哼!我就要坐锦轿①!"

母猫们将跟优秀的公猫生儿育女称为"坐锦轿"。

喵尔摩斯刚走远,艾琳就马上变了脸。

母猫都这样表里不一吗?

"喵生先生。"

"请讲。"

"就算世上只剩下你这一只公猫,我也不可能对你发情,你最好别抱有任何期待。你知道你有多笨吗?母猫会本能地喜欢又聪明又强壮的公猫,你两样都不沾边。善良?自我牺牲?那算什么魅力?比起这些,聪明、强壮、帅气更重要!四肢发达的笨蛋,我已经受够了!"

我内心深处一直有个小小的愿望,那就是跟她比现在更亲近一些,而现在,连这个愿望也很难实现了。

"啊……你这话可够狠的啊!"

---

① 坐锦轿:在日本指女性因联姻而获得高贵的身份。

"你不觉得可笑吗？你已经去势了，还对母猫感兴趣，这就属于异常了吧！而且，只要你还待在那么优秀的公猫身边，谁都不会对你发情的！离他远点儿吧！"

"……"

"你怎么不说话了？好可怕！你连句漂亮话也不会说吗？"

离他远点儿……她这是催我离开这里，别妨碍她和喵尔摩斯单独在一起啊！

我确实没必要留在他的身边了吗？

后来，我们便没了语言交流，尴尬的气氛一直持续到增派的两辆犬车来到我们的面前。

一辆犬车说，警部已经去翻车鱼泥塘了。

艾琳连个招呼也没打，就一声不吭地跨到一只短腿猎狗的背上说："快，赶快朝那边跑！"

"你在干什么？快走啊！"艾琳催促道。

"请稍等！"

我跑向夫人，用爪子拉起夫人短裤的松紧带，又一松爪，松紧带"啪"地响了一声。

"怎么啦？"

夫人注意到我后看向这边，我使劲儿低下头，以此来表达谢意，意思是"杰克就拜托你啦"。

"咦？怎么啦？我不太明白啊，不过不用担心，赶紧去忙吧！"

看来我的意思已经传达给她了，这样总算可以出发了。

艾琳冷冷地看着我。

"喂，大嫂，前面禁止通行哦！"

"是你们？"

"大嫂？"

在通往翻车鱼公园的路上，有些陌生的浅茶色外来流浪猫拦住了我们，他们身体强壮，但都不像善良之猫。

我端详他们，他们那浅茶色的毛全都污秽不堪，脏得几乎看不出他们原来的毛色。

"喂，好久不见，艾琳！你玩失踪这么久，也太过分了吧！"

一只很有气势的猫用肩膀推开众脏猫，走到我们面前。

他全身布满疮痂，多处毛发脱落，疮痂当中也有刚开始凝结的新伤，更可怕的是，他的右腿上还缠着一个沾满血污的石环一样的东西。

眼前的一切令我们心生恐惧。

"基德！"

艾琳这样叫那只很有气势的猫。

"他是谁？"

"我的前夫，也就是杰克的父亲！"

"前夫？"

她果然是个有夫之妇啊!

"我不知道你们是从哪来的,先跟我过来,我不会为难你们的!"

我们当然不能在此地跟这群恶猫发生冲突。

用作犬车的狗们早已丧失斗志,他们的嘴角颤抖着发出哀嚎。我绝不能因无谓的抵抗而使艾琳陷入危险之中。

我只能相信基德的话,跟着他走了。

"真倒霉,又碰上这个四肢发达的笨蛋了!"

"喂,快走!"

我们被恶猫们包围着,登上了喵尔摩斯所说的那座翻车鱼废楼的楼梯,被带进房门已破、可自由出入的房间。房间里充满难闻的气味。

啊,他们就是那群外来流浪猫!

所有猫的眼神都凶巴巴的,一看就知道他们不是什么正派猫。

要冷静!窗户开着,靠近窗下墙壁的是胡乱堆放的桌子……可以想办法从那里逃出去吗?不行,有难度。

就算让猫往下跳,这个高度也太高了,何况现场还有狗。

"在这儿,任你哭,任你叫,谁都听不到!你这母猫可真会找麻烦啊!"

"基德,你竟然追到了这个地方!"

"听说有流浪猫在鲣鱼之丘市发现了你,我就来了,我在这里找了你好久啊!来,你跟老子过来!"

"不去!你又要家暴我!"

家暴?她遭受了家暴?我一脸愤怒地看着基德。

"你那个样子是什么意思?"他突然转向我,"喂!这些狗是动警,你算什么玩意儿?莫非你是艾琳的新欢?"

没等我开口否认,艾琳便语气坚决地抢先作出否定。

"别胡说,这只猫什么也不是!我的新欢叫喵洛克·喵尔摩斯!他又聪明又强壮,这只猫根本没资格跟他比!"

尽管这是事实,可这话对我伤害极大。

"喵尔摩斯?无所谓了,过一会儿把那家伙也宰了!先把这只呆猫和动警狗都干掉……"

"啊……受不了啦!汪汪!"

"站住!"

可能是被房间里的凶险气氛及基德身上散发出的杀气吓破了胆,陷入恐慌的两只动警狗发疯似的咆哮起来,他们遭到基德手下的殴打,乱跑乱跳。

身为动警,他们也太胆小了,不过他们毕竟是狗,力气可比猫大得多。

我抓住艾琳的爪子,拽了她一下,示意她趁乱逃走。

正当我觉得大家都可以安全逃脱时,基德突然非常冷静地发话了:

"把狗放了,但是绝对不能放跑了这只母猫!"

恶猫们一齐转向我们,两只狗汪汪叫着奔向门口,借机跑了。

恶猫们一步步向我们逼近……

这几乎是无意识的行为,我将艾琳按倒在地,把她护在身下。

"啊!"

"小子,你想干什么?"

"我不允许你动她一爪子!"

"哟,好大的胆子!"

"喵!"

基德的右爪击中我的头顶。

我强忍着那坚硬如石的爪子的击打带来的疼痛,眼泪都要流出来了。

"哈哈,你是条硬汉!看你能扛到什么时候!好,你们也上!"

"遵命!"

恶猫们从四面八方冲过来,不停地用头撞我。

"啊!"

"喵生先生,快跑啊!我挨两三下打就没事啦!"

"别说蠢话!我不会让你挨一下打的!当了妈妈就不要说这种作践自己的话了!你要是有什么事,杰克怎么办?"

"……"

基德的手下们就像往粪便上盖猫砂一样,用后腿一下一下地踢我。

我被打的时间不足一分钟,这却是我永远难忘的几十秒。

"你很能扛嘛!我都想收你做小弟啦!来,你们把爪子亮出来!"

我背上的毛一根根竖起来。

要是被这么多爪子抓上,我就死定了……

就在此刻,一道黑色闪电冲进屋内,恶猫们瞬间就被打得四散奔逃,只有基德还在抵抗。那黑色闪电正是喵尔摩斯。

"呜……你小子是谁?"

"我用不着告诉你我是谁!"

"……"

基德重重地挨了一记猫拳,仰面向后倒下。

"警部,别让这家伙跑了!喂,喵生!我们等了好久你都没来,你怎么在这儿啊?艾琳太太呢?你保护好她了?不愧是喵生啊!干得漂亮!你没受伤吧?喵生,你不要紧吗?你不会已经不行了吧?"

喵尔摩斯以一种迄今为止我从未见过的几乎要哭出来的表情嘟哝着。

"我没事!"

尽管全身上下疼痛难忍,但我实在不想让他再露出那种表情了,便咬着牙站了起来。

"这扇窗户、这张桌子……喂,快看!这只空箱子!这些证物说明这里就是'妖怪事件'的第一案发现场!"

喵尔摩斯给我看的是一只画着白色圆环的空箱子。

"这里面是什么东西?"

"这箱子里装的是'绷带'。你见过绷带吗?喂,基德,是你们把这里面的东西扔到外面的吧?"

"是啊,那又怎样?把绷带这种又轻又软的东西从窗口扔出去犯什么罪了吗?"被警部轻轻咬住脖颈儿的基德口气强硬地答道。

如果他不老实回答,警部那尖利的牙齿就会狠狠刺入他的脖颈儿!

"犯了谋杀罪。警部请看!从尸体上剥下来的绷带一端的切口和这条绷带一端的切口完全吻合,这是确凿无疑的证据!"

"谋杀罪?开什么玩笑!"

"这是一种遇水就会凝固的绷带,凝固后坚硬如石。这房间里只有这种绷带。你不是也知道吗?你想用这种绷带治你右爪上的伤,结果绷带变硬了,你急了,想剥下来却不能完全剥干净,就变成了你的右腿上石头状的腿环。我说得没错吧?跟利石雄猫先生进行猫拳比赛时大败而逃的胆小鬼!"

"你怎么知道那件事?"

喵尔摩斯无视面色苍白的基德,继续说道:

"这就是'妖怪事件'的真相!"

"你看过翻车鱼泥塘的尸体了吗?"喵尔摩斯问警部。

"啊,我是看着动警把尸体从泥塘里拖上来之后又到这里来的!你没去现场是对的,吸足了水的尸体特别臭……不说了!"

"嗯,别说了!"

我也不想听案发现场的情况。

"刮台风那天,有猫从废楼里扔出绷带,一卷随风而下的刚湿的绷带缠住一只鸟后,渐渐硬化了。另一卷已经硬化了的绷带砸到了狗的身上,情况就是这样!"

遇水硬化的绷带……竟有这种东西!

"所谓谜团的真相竟然是这样!"

"可你是怎么知道绷带的这种特性的?"

喵尔摩斯瞪了我一眼。

"啊!"

原来如此!我突然想起来,他在跟利石雄猫的猫拳比赛中也伤到了爪子,他也是缠着绷带回家的!

那天,喵尔摩斯异常焦躁地用爪子往下剥绷带。

那种绷带就是遇水就硬化的绷带啊!

"怎么说呢?因为有夫人帮忙,你才能把绷带都剥下来……"我绞尽脑汁想说点儿什么附和一下。

"算是吧……"喵尔摩斯脸色有点儿难看地答道。

4

我再说说这个案子后续的情况吧。

基德及其手下被收容在动警管辖的废屋里。

虽说将他们判定为谋杀罪有些难度,但基德是在了解"绷带遇水就会变硬"这一前提下命令手下将绷带扔到楼下的。

也就是说,他明知绷带缠到动物身上会渐渐变硬,明知道动物被变硬的绷带打中会受伤,却仍将绷带扔到了楼下。

动警将这种行为认定为"谋杀",宣布基德及其同伙犯下谋杀罪及谋杀未遂罪。

谋杀罪是重罪,而且基德及其手下还有其他罪行,看来他们得过一段漫长的改造生活了。

这样,杰克和艾琳就自由了。

夫人已经给艾琳和杰克找到了收养家庭。很幸运,那是个愿意收留他们娘儿俩的人家。

他们能够在新的收养家庭里一起生活了,这真是太圆满了!

"什么?"

"没……没什么!"

案件结束后,艾琳仍然向喵尔摩斯散发荷尔蒙的味道,可喵尔摩斯依旧无视她。

不过她有个重大变化,那就是她开始寸步不离地守护着杰克了。她不让夫人和我靠近杰克,也不允许喵尔摩斯接近杰克。

喵尔摩斯说,在经历过生死后,她守护幼崽的母性本能觉醒了。

"母性本能啊……"

"她终于成为杰克真正的妈妈了!"

几天后,分别的时刻终于来临了。

夫人正在与一对年轻男女谈笑。

这对男女看起来很温柔。我想,他们应该不是坏人。

我对喵尔摩斯说:"他们应该是好人吧!"

喵尔摩斯也说:"嗯,他们应该是好人!"

那他们应该就是能善待动物的好人了,被好人收养是件好事。

谈笑告一段落,艾琳和杰克被装进宠物笼,夫人提起笼子。

她将笼子门朝向我们,给我们时间做最后的告别。

"喵尔摩斯先生,跟您告别非常痛苦,我可能不会再遇到像您这样又聪明又强壮的公猫了!"

"多保重,艾琳太太!"

艾琳依旧目不转睛地看着喵尔摩斯,喵尔摩斯也依旧冷若冰霜。

这是只属于他俩的时间,根本没有我介入的余地。

"来,喵生,跟他们道个别吧!"

"喵……"

"咦?"

我和杰克都睁圆了眼睛望着艾琳。

喵生?艾琳竟然冲着杰克叫喵生?哦,她大概是让我跟他娘儿俩告别吧!我刚张开嘴,杰克就用爪子指着我,嘴里咕哝道:

"喵……呜,喵呜,喵……猫!"

"哦!"

杰克竟然清晰地说出了"猫"这个字!这是他说的第一个字。

"喵生,说得真好!"艾琳高兴地舔着杰克的毛。

咦?她还称杰克为喵生?

"我决定了,这孩子的名字就叫喵生。不强壮,不帅气,脑瓜儿也不灵光,可这是世界上最勇敢最善良的猫的名字!"

"……"

我鼻子一酸,感动得心潮澎湃、不能自已。我太害怕这种莫名其妙的感情了,慌忙跑出门外。

"喵生先生,谢谢您!再见!"艾琳的喊声刺向我的后背。

🐾

"喵呜……喵呜……"

那天夜里,我爬上一棵高树,叫了起来。我在树枝上叫了两天。

很多人嫌我太吵,夫人也多次叫我下来,喵尔摩斯却什么都没说。

他默默地眯着眼,难过地看着我。

我的双眼为什么泪流不止呢?

这份感情算什么呢?

第二天晚上,我的眼泪还没干,我却忽然心如止水。我想我该回去了。我打定主意,从树上跳下来。

喵尔摩斯正在树下等着我。

"对不起,喵尔摩斯……我没资格和你一起住!"

他同意我与他合住是因为我已去势,不会不停地叫,惹他心烦,而我却叫了这么久。

就算他现在把我轰出去,我也毫无怨言。

"为什么?"

"我叫了!"

"你'哭'了,人类把这称为恋爱。迄今为止,我还没有遇到过像你这样因失恋哭泣而刺激我的大脑的猫。即使你说你要离开,我也不会同意的!"

"……"

原来如此,我是真的恋爱了啊!

那我失恋了吗?

现在才意识到这些,我确实很迟钝。

"失恋似乎很累啊!零食和水都准备好了,一起吃吧!"

他默默地与我共同分担了我的悲伤,我甚至想拥抱他来表达我的谢意。

如果不是他和我一起分担,这份悲伤说不定会要了我的命。

"听听欢快的音乐吧!"

回到屋里,美妙的音乐从收音机里流淌出来。

地、风与火乐队[①]唱出了秋天的恋歌。

甲壳虫乐队[②]的那首歌要表达的则是即使我们感到悲伤,生活也要继续。

他们唱的都是我们需要的关于爱的歌。

"真好啊!"

我认为音乐是人类最伟大的发明。

"有人说,边哭边吃东西,就不会忘记吃的东西的味道。我

[①] 地、风与火乐队:美国著名流行放克乐队。
[②] 甲壳虫乐队:英国著名摇滚乐队。

虽然没哭,但我今天跟你一起听的音乐,我一辈子都不会忘记!"

"的确如此!"我咕哝着抽了抽鼻涕。

在秋天即将逝去的时候,我体验了短暂的爱情及深厚的友情。

夏洛克·福尔摩斯的来信

1

这次我要讲讲我的奇幻经历。

故事是从上次的案子破案数周后开始的,乍听之下,可能有点儿复杂。

夫人收到了"夏洛克·福尔摩斯"的来信,这让我回想起在"异世界"发生的事。

事情发生在我、喵尔摩斯和夫人一起去晨跑的时候。

最近,夫人的口头禅是"再瘦点儿就好了"。

"啊,对了,昨天没看过信箱!"夫人一边说,一边打开了信箱盖。

夫人握着两根绳子,那两根绳子的另一端,分别系在我的项圈上和喵尔摩斯的项圈上。此刻,我和喵尔摩斯都精神头儿十足。

夫人打开邮箱,取出一封信给我们看。

那上面写的是什么呢?

"是恶作剧吧?"夫人小声嘀咕道。

我盯着夫人的眼睛,用眼神催促她快点儿念信。

"是'夏洛克·福尔摩斯'写来的信啊!收信人是小喵尔摩斯和小喵生……"

"夏洛克?"

我没想起谁叫这个名字。喵尔摩斯说道:

"是'花斑带'吧!"

"啊!"

我突然想起了"夏洛克·福尔摩斯"的笑脸。

那是个让人冷得受不了的季节。

黑棕相间的两色玳瑁猫菲利普找到了我们。

"真受不了!我的原名是菲利普,现用名是玳瑁助。玳瑁助是我的主人给我取的名字。唉,在您面前说这件事还真有些不好意思,而这件事也让我很受不了,他们最近总是叫我'喵生'!"

"叫你'喵生'?"

"是啊,他们总在'异世界'里这样叫我!"

"异世界?"

我的尾巴瞬间变粗并且竖起来。听到"异世界"这个词后,我的脑海里浮现出了"珍贵的莎草纸"一案中的电梯事件!

那个案子现在想来依然非常恐怖,太可怕了!

"你是说电梯吗?"

"电梯?"菲利普疑惑地看着我。

"别介意,请接着说。"

喵尔摩斯用爪子拍了一下我的左耳尖,这是让我别出声的意思。我马上就不吭声了。

"这是那天我和主人在虎豚町的虎豚路上散步时发生的事。"

虎豚町的虎豚路最适合散步了。那里行人稀少,还能听到从附近海岸传来的波涛声。

"我们正走着,一个有金黄色头发的男人突然出现,把我抱了起来。我故作冷静,没叫没闹,其实我怕极了,心怦怦直跳!"

"可以理解!"喵尔摩斯点点头。

"我也能理解!"我也想做一番推理,所以我也说自己能理解。

"那家伙是这样说的:'从今天起,你就是喵生了!'"

"他是当着你的主人的面这么说的吗?"我惊讶地问道。

"他是当着我的主人的面这么说的!"

"奇怪啊!"

"真奇怪啊!"

"请接着说。"喵尔摩斯说道。

我的耳朵又被喵尔摩斯拍了一下。

"您知道虎豚路上有个巨型仓库吗?"

"知道。"

那个仓库可真大,看上去比普通的仓库大一倍。

"其实那里面就是'异世界',那个仓库里面还有房子!"

"什么?"

他不是在开玩笑吧?一个建筑物中还能再建造另一个建筑物吗?

菲利普看看一脸吃惊的我说道:

"喵生先生,用不着惊讶,那里面有一栋大房子,还有一栋小房子,那个仓库里有两栋房子呢!"

"有两栋房子?"

大仓库里有一栋大房子和一栋小房子?这是真的吗?

"那里真是个令人难以置信的世界啊……那里有个跟黑色'独眼怪物'跳舞的彪形大汉,人们叫他大个子先生。"

"大个子先生……"

"独眼怪物"……那是个"怪物"吗?大个子先生跟"怪物"的关系很好吗?

"那仓库里还有个叫铃木的人——这家伙没什么特点,不说也罢。那里还有一个叫犬山-罗伊罗特的人。"

"犬山－罗伊罗特？这个名字真奇怪啊！"

"唉,喵尔摩斯先生,在那个'异世界'里,所有人的名字都是乱七八糟的。犬山－罗伊罗特在大房子里被叫作罗伊罗特,在其他地方又被称为犬山。"

"一进大房子,大家的称呼就变了……"

"很多人在大房子里和在小房子里的称呼不一样,我在大房子里和在小房子里都被叫作喵生……"

菲利普说这话时的表情明显就是打心底里不情愿,他如此讨厌被人们称作"喵生"吗？我有点儿伤心,但极力克制住了自己的情绪。

"把我带进'异世界'的罪魁祸首名叫阿依奈,在大房子里他被称作福尔摩斯。"

"福尔摩斯？"

极少大喊大叫的喵尔摩斯突然大声喊起来,我和菲利普吓得哆嗦了一下,愣住了。

喵尔摩斯丝毫不顾及我和菲利普的恐惧,在屋里来回踱着步,甚至兴奋地哼起了歌。

"'异世界',原来如此！说不定真的有'异世界'呢！"

此时的我能推测出,喵尔摩斯大致知道了事件的真相,但在所有问题都弄清楚之前,他什么也不会告诉我们。他每次遇到离奇的事件都是这样。

"他向来如此,别介意,请接着说。"我对菲利普说道。

身为喵尔摩斯的助手,我也习惯了喵尔摩斯的这种推理方式。

"嗯,那咱们就整理一下仓库里出现的人物的称呼吧!"

"好的!"

"在大房子里,阿依奈叫福尔摩斯,犬山叫罗伊罗特,我叫喵生,大个子先生一直都叫大个子先生,还有那个人……金子!"

"金子?"我和喵尔摩斯睁圆了眼睛异口同声地喊道。

"对!金子!"

菲利普用爪子捂住双眼,好像羞于将这个名字说出口。

这也无可厚非,因为"金子"是猫最喜欢的名字。

"世界上最早的猫"——"神猫"的谐音就是"金子①"。

要说什么好,有猫就好。

金子——多么美好响亮的名字啊!

换作一般的猫,聊一个小时就会扭动着身体仰面朝天或打起滚儿来,而身经百战的我们只需要干咳一声就能冷静下来。

"金子最初被人叫作华生,后来又被叫作A……阿依奈还叫他章鱼②……"菲利普的兴奋劲儿还没过去,他仍滔滔不绝地说着。

按他的说法,金子是名字最多的人,真不愧为金子!

---

① 金子:日语中"神猫"与"金子"的发音相近。
② 章鱼:此处有笨蛋的意思。

"金子真厉害啊,他好几次被阿依奈也就是福尔摩斯杀死,后来又活过来了……"

"什么?他被杀死后又活过来了?就算他是金子,也不会这么厉害吧?"

"我被阿依奈用胳膊抱着,好几次亲眼看到了这种场面。右手拿着手枪的阿依奈冷冷一笑,金子被他用枪打中!金子溅出来的血多得难以想象……阿依奈,也就是福尔摩斯,这家伙太残忍了!他杀了金子,还骂金子是笨蛋。他还动不动就冲大个子先生和周围的女人、老人发脾气。他还经常嚷嚷什么'不喜欢就别干了!''要是没有我,谁也不会关注你!''明明是我的陪衬,还想当华生!这就是惩罚!'他说的都是些莫名其妙的话。铃木一看到他就拍额头,犬山-罗伊罗特只是盯着他笑,一句话也不说……"

"金子……"

菲利普嘴上说得倒是容易,我的脑袋里已经一团糨糊了。这些称呼乱七八糟的,我都分不清谁是谁了。

喵尔摩斯注意到了我的眼神,说了句"理顺一下吧",随即将出场人物梳理了一番。

"咱们先把称呼统一一下。首先,将菲利普先生带入'异世界'的金发青年是'福尔摩斯',也就是杀人恶魔'阿依奈',我们叫他'阿依奈'。跟'怪物'跳舞的彪形大汉叫'大个子先生'。那个不太显眼的男人叫'铃木'。被称作'犬山-罗伊罗特'的男人叫'犬山'。我们的金子有'华生''A''章鱼'等好几个名字,我们当然叫他'金子'!"

"请你继续往下说,换上一点儿血迹都没有的新衣服后,金子怎么样了?"喵尔摩斯随口问道。

我不解地摇摇头,菲利普则像是见到了什么可怕的东西似的盯着喵尔摩斯。

"啊?衣服的事……我还没跟你们说吧?"

"金子被杀又活了过来,他离开大房子后,到小房子那边转了一圈,等我再看见他时,那些血迹都不见了,他又回到了大房子里……我说得对吗?"

"事实跟您说得完全一样!您怎么会知道这么多?这简直就是魔法!您不会也是'异世界'里的猫吧?"

大惊失色的菲利普就像刚刚认识喵尔摩斯时的我,那模样实在滑稽可笑。

当然,我也只是刻意装出不动声色的样子,心里却大叫"好厉害"。我真弄不明白他是如何知道这些的。这令我的心怦怦直跳,说老实话,我都快晕倒了。

"肯定会那样吧!不去确认一下我的推理的正确性吗?菲利普先生,'异世界'并不像你想得那么坏,没什么可怕的,或者应该说那里很好玩。喵生,哦,喵生本尊,咱们走吧!"

喵尔摩斯用眼神示意我换上正装。

"那咱们在仓库门口见吧。啊,我好害怕啊!我可不喜欢'异世界',不想再到那里去了!"

"有我们在场,什么可怕的事都不会发生!小心脚下,请回去吧!"

菲利普看上去非常郁闷,因为他今天还要被主人带去"异世界",我们约好在虎豚路上的"异世界"仓库门口见面后,就暂时解散,分头行动了。

到了仓库,我们跟菲利普的主人一起行动,应该不会被轰出来。

而现在,分头行动才是正确的做法。

我问喵尔摩斯:"要叫上警部吗?"

他说:"不用,这又不是什么大案子,不必请他特意来一趟。"

因此,我们这次不坐动警犬车,而是在街上搭乘狗出租车去仓库。

2

我们给狗出租车一块饼干当小费,然后目送他跑远。

风带着海的气息拂过仓库旁的虎豚路。我没去过"异世界",也没去过外国,但此地却勾起了我的乡愁,使我能够真切地感受到乡愁的滋味。

我们现在真的要去了……

"哇！这不是小猫咪吗？"

"咦？"

我们突然被人抱了起来。这人是谁？

"喵生，这家伙大概是福尔摩斯吧。"

"他就是阿依奈吗？"

原来如此，这个阿依奈竟然是个金发少年，他的眼睛的颜色很怪。

"喂，你可一点儿也不认生啊，好可爱啊！"

喵尔摩斯将脸贴在阿依奈的身上蹭来蹭去。

这当然不是不认生，喵尔摩斯总是这样观察抱起他的人。

"喂，铃木先生！这些猫也可以留在我的身边吗？"

"什么？"

被阿依奈问话的那个叫铃木的男人满脸都写着"不愿意"，但阿依奈不等他回答，就用脚踹开门，将我们带进了仓库。

"来吧，'异世界'之旅马上就要开始啦！"

喵尔摩斯看起来很开心，我却吓掉了魂儿。

现在明明是寒冷的季节，"异世界"中却温暖如春。

被阿依奈抱在怀里的我尽管有些不安，可还是仔细地观察着周围的一切。

这里的人比我想象中的多,他们自顾自地走来走去,似乎忙得不可开交。

我听到有金属相互碰撞的声音,便朝发出声音的地方望去,只见两个男人将没有布料的伞撑开,然后将其伸直,最后把它支了起来。

好奇怪,这是什么神秘的东西呢?

"另一个三脚架呢?"

"另一个三脚架在对面!"

他们说着谜一般的咒语,又开始在别的位置摆放这种神秘的东西。

一个坐在木箱上的男人正在跟一个方形的黑箱子说话,这个箱子正发出"吱吱"的声响,它还长着一只细细的角。

那肯定是个"怪物"吧!

"那边好了吗?"

"这边好啦!"

他们到底在说什么呢?

嗯,是他!一个头上缠着毛巾、身穿白衬衣的男人正抱着一个黑乎乎、硬邦邦的"独眼怪物"!这个男人应该就是大个子先生吧!

"早上好!"

阿依奈一到现场,包括大个子先生在内的很多人一起向他鞠躬致敬,我的胡须都感受到了现场的紧张气氛。

看来阿依奈在这个世界里相当有地位啊。

阿依奈没应声,只是举起双手在空中张开又合拢了两次。

这是"异世界"打招呼的方式吗?

"早上好!"

一个像枯树一样瘦弱、身子摇摇晃晃的男人向阿依奈问好,但阿依奈连手都没抬一下。

"我今天要加把劲儿'死'一回了,要是效果好,我就当华生,陪在你的身边……"

"怎么可能!别做梦了,章鱼!"

"啊……"

章鱼?也就是说,这个瘦弱的男人就是金子!想到这里,我突然觉得他相貌堂堂!他目光锐利,鼻梁高挺,薄薄的嘴唇充满英气!

"你就是我的陪衬,你能待在这个圈子里应该感谢我!我的搭档是喵生……"

阿依奈手指着被主人抱着的菲利普。

我们相互轻轻抬了抬爪子,算是打了招呼。

"有这几只小猫咪就足够了!"

这时,阿依奈总算把我们放到了地上。金子一脸羞愧,他的眼睛有点儿湿润,悲伤地盯着我和喵尔摩斯。

我可不愿意看到金子这种表情!

"哦?你在这里啊,阿依奈。"

"是的，犬山先生。"

一个高大魁梧、下巴上留着胡子的白头发中年人走了过来，阿依奈这才露出胆怯的表情。

阿依奈害怕犬山吗？

"我刚才去附近的沙滩散步，捡到一个会发光的漂亮玩意儿。阿依奈，你喜欢这种漂亮的玩意儿吗？我已经把它放进芳香花瓶里了，我要是死得顺利，就把它送给你！"

"谢谢犬山先生！"

犬山身后还跟着一个女助理，他看起来地位很高，连阿依奈在他面前都有点儿畏缩……

"喵尔摩斯，犬山说的'我要是死得顺利'是什么意思呢？"

"他今天也难逃死亡的命运！"喵尔摩斯满不在乎地说道，语气轻松得令我气愤。

这家伙看似理智，实际上非常多愁善感，不论谁有生命危险，他都会出手相救。

而这次，他居然对别人能够预测的死亡视而不见，这是为什么呢？

"喂，喵生！别用那种眼神看我，我知道你在想什么。这里是'异世界'，不会有事的，他肯定能起死回生！"

也许吧，这里的事没法儿用常理解释。虽然我现在有些明白了，但还是无法完全理解。

就算他们可以起死回生，我也不愿意眼看着他们被杀害。

看到他们被夺去生命,我一定会很伤心的。

难道我这样的想法不正常吗?

"喵生,你真是一只有人情味的猫啊!"

"我的眼光没错吧?你看它们多么老实!"

我们被带进仓库的小房子里,有人走过来,为我们梳理毛发。

虽然阿依奈的女助理不如夫人体贴,但她梳理毛发的技术相当不错。

"把你们也牵连进来,真是不好意思……"

正在被人梳理毛发的菲利普满是歉意地看着我们。

"阿依奈先生,这些小家伙戴着项圈呢,它们是家猫呀!没得到其主人的同意就这么做,不要紧吗?"

阿依奈恶狠狠地瞪了女助理一眼,女助理吓得浑身打战,再也不敢说什么了。

"我说可以就可以,少废话!"

"对不起!"

女助理可怜巴巴地赶紧低头认错。

阿依奈的言行与绅士相距甚远。

"阿依奈先生,快开始了!"谨慎的敲门声响起,一个男人探进身来说道。

听到他的话,阿依奈迫不及待地用只有我们能听得到的声音嘀咕道：

"来啊,凶杀案即将发生啦！小猫咪们能受得了吗？"

我和菲利普吓得竖起尾巴,喵尔摩斯却轻轻地左右摇摆着尾巴尖儿,看起来非常镇定。

"从外侧观察,只有这个房间有猫瓣门。你们要是害怕,可以从那儿逃到外面去！"

喵尔摩斯说得倒是轻松,但我不会轻易上当,我决定坚持到底。

我觉得自己应该能撑得住,便竭尽全力咬牙克制内心的恐惧,避免自己失态。

"开始吧！"

阿依奈进了大房子,里面的一切看起来更加不真实。

尽管是冬天,屋里却艳阳高照,我热得几乎冒汗。

大个子先生紧紧地抱着"怪物",发出轻微的喘息声。

"不要紧吗？"

人们以及我身边的喵尔摩斯好像在说着什么,但我已将耳朵耷拉下来,听不太清了。

唯一的安慰就是金子还站在我们面前。

"那……"

阿依奈看看铃木。

铃木轻轻噘起嘴唇,轻轻地点着头,摆出"随便你"的表情。

接着,阿依奈怒气冲冲地瞪着金子,露出狰狞的笑容,令人不寒而栗。

"去死吧!"

"啊!"

阿依奈一只手抱着菲利普,另一只手握着手枪,他将枪口指向金子。

"不要啊!饶……饶了我吧!我不想死啊!"

这就是人类临死前的恐惧啊!金子两腿弯曲,涕泗横流,身体不停地颤抖。

"哼!竟然是A……去死吧!"

"不要啊!"

为了救金子,我下意识地张开两只前爪冲到金子身前,可我的身体太小,根本保护不了金子。

鲜血从金子的胸口喷涌出来。

"不……要……啊……"

金子双膝跪地,口吐鲜血,雪白的衣服被染成红色,接着,他重重地倒了下去。

"啊……"

我已经完全控制不住自己的感情了。

"金子,对不起!我救不了你!"

我也跟金子一样倒在地上,昏了过去。

"哎呀,总算醒过来啦!"

"嗯……"

我睁开眼睛,发现自己躺在小房子里的桌子上。

喵尔摩斯、菲利普、阿依奈、大个子先生、金子都围在我的身边,关切地看着我。

"金子还活着吗?哦,让我好好看看你!"

我的两只爪子紧紧按在金子的手上。

金子毫发无伤、衣服整洁、表情平和,这是怎么回事?

难道在这个"异世界"里,金子拥有不死之身吗?

喵尔摩斯拍拍我的肩膀,脸上极其罕见地露出了难为情的表情。

"唉,我真是对不起你!我原本以为从头到尾全看一遍再解释比较好,没想到你这么经不起刺激……也请菲利普先生听好,这里并非什么'异世界',这里是电视剧的拍摄现场!"

"这里不是'异世界'?这里是电视剧的拍摄现场?"

"你们看过电视剧吗?所谓电视剧,就是用电视机播放的虚构的故事。"

"虚构的故事?"

这就是说,电视剧里的一切都是虚构的?假名字,假死……

"可这有什么意义呢?"

菲利普将一只猫理所当然会有的疑问抛给喵尔摩斯。

猫的世界里也有各种各样的故事,但都是真的。

而此时，喵尔摩斯也一直在捋胡须。

"对此，我还在研究中，快要研究出来了。看，那是摄像机……"

喵尔摩斯的爪子指的是大个子先生身旁的黑色"怪物"。

原来那个"独眼怪物"叫摄像机啊！

"那是聚光灯……"

原来那个照亮屋子的"太阳"叫聚光灯。聚光灯这名字很特别嘛！

"摄影师用那台摄像机拍下影像，将其剪辑后在电视机上播放。"

"啊……"

"嗯……"

我和菲利普的理解力根本跟不上喵尔摩斯的讲解，我们不禁面面相觑。

"一时很难跟你们解释清楚！当然，我也还没完全理解电视机的构造，仍在研究中！"

见喵尔摩斯有些烦躁，菲利普很害怕。

这时，我必须做点儿什么。

"喵尔摩斯，冷静！你帮我们把能弄明白的事情理顺清楚即可……"

"嗯，好的。这里不是什么'异世界'，大房子是为拍摄电视剧而搭建的，叫摄影棚。这栋小房子是供演员和工作人员休息用的休息室。这里的人名字很多，是因为他们有自己的本名，也有在电视剧里的角色名,他们在摄影棚里用的是角色名。"

"啊,也就是说,他们叫我喵生是因为……"

"对,那是角色名,你应该是被选中饰演福尔摩斯的搭档喵生了!"

"喵生是角色名啊……"

"喵尔摩斯,金子是怎么回事?金子是本名,那么A、章鱼,还有华生……"

"最初大家称金子为华生,对吧?根据我的推理,他原来的角色应该是华生,后来他被换掉了。华生这个名字跟喵生非常相似,因为菲利普先生饰演福尔摩斯的搭档喵生,华生这个角色就没必要存在了……"

"于是他饰演了被杀害的A,这太过分了!"

"我真对不起金子啊!"

"你不必觉得内疚,这里最有权力的是阿依奈和犬山……阿依奈应该是有角色分配权吧!"

"喵尔摩斯,你是什么时候注意到这些事的?"

"从听到死人多次活过来的时候……不,应该是从听到夏洛克·福尔摩斯这个名字之后注意到这些事的。你可能不了解,他是个名人。福尔摩斯和华生冒险的故事跟你和我的冒险故事很像!"

"喵尔摩斯和福尔摩斯,喵生和华生……原来如此,确实很像!"

"福尔摩斯是个很奇特的人,我一直在想,现实中是不是确有其人。他的名字跟我的名字实在太像了,确有其人的话,我说不定会和他交上朋友呢!"

我第一次听喵尔摩斯说出这样的话。

不管是否确有其人,福尔摩斯都应该是个相当有魅力的人,就像金子那样……咦?金子怎么不见了?

"金子呢?"

"你们刚才说话的时候他出去了,好像是被隔壁屋里的犬山叫走了。"

"被犬山叫走了?"

包括阿依奈在内的众人都骚动起来。

"明明是个连具体的角色名都没有的龙套 A,却嚣张得不知道自己是谁!这长脚章鱼!我说,小猫咪看来也没什么事,我先回自己的休息室了!这里人太多,空气浑浊!好烦啊,我得从犬山先生的休息室门前走!"

阿依奈走出休息室,他离开前说的话使屋里的气氛一下子沉重起来。

不过我回想起刚才的情景,不禁笑了起来。

金子将要"被杀"时的那些动作真的很像章鱼啊!

"喵尔摩斯,章鱼是他的绰号吗?"

"可能是吧,他的表演相当有感染力,不是吗?"

"嗯。"

当时金子的表情真的很像将要被杀死的人的表情。

据说这就叫演技,金子果然厉害!

咦?那些工作人员好像在嘁嘁喳喳地小声说着什么。

我竖起耳朵仔细听着。

"犬山先生又在说教吗?"

"应该是吧,他很忌妒金子,总是找他的麻烦,他可没有金子先生那样的演技。犬山先生是担心自己会败给金子先生吧!"

"阿依奈先生也有这样的担心吧。"

"说到底,他的演技就是偶像派那种花拳绣腿的演技啊,他根本不是从小就演戏的金子先生的对手啊!"

"阿依奈说金子先生是自己的陪衬,实际上……"

"喂,直呼其名不合适吧!唉,算了,金子先生也太不走运了,总是不受主角待见,没有好角色可演,都快三十岁了,还没有个代表作。"

"这次也不行吗?"

"要是能把原来华生那个角色争取回来就好了……出演连个名字都没有的龙套 A 也太可怜了,铃木导演态度再坚决点儿就好了……"

"……"

我虽然不能完全听懂他们的对话,但是他们口中的金子应该很厉害吧!他也正是因为太厉害,才遭到其他人的排挤和冷落。

"以前的我也是这样。"喵尔摩斯像读懂了我的想法似的说道。

的确,以前的喵尔摩斯因为太厉害,也有过被冷落的经历。因此,他在自己的心与外在世界之间筑起了一堵墙。

"不过,现在的他跟我有很大的区别。我有跟我一起赴汤蹈火的搭档,这远比你想象的重要得多。要是金子身边也有这样的搭档就好了。"

"嗯。"

虽然我不知道那个跟他一起赴汤蹈火的搭档是谁,但我真心希望他所信赖的搭档能够做到这一点。

"啊!"

"你们在干什么?"

"对……对不起!我们在谈……"

"别在这里碍手碍脚!快滚!"犬山凶巴巴地冲工作人员吼道。

大个子先生大概一直很无聊,他站在犬山的休息室的墙旁边,手掌按墙,用一只胳膊做起了立式俯卧撑。

经不住大个子先生身体的重压,墙发出了轻微的"咯吱咯吱"的声音。被这响声吓了一跳的犬山气急败坏地叫道:

"啊,你还不接受教训啊!你在阿依奈的休息室里玩这个不是挨过不少训嘛!你看,这堵墙都被你弄出一条缝!这个休息室是临时搭建起来的,可不怎么结实,而且以后还得用,你就别再推啦!"

"哦,对不起!"

"啊,谢天谢地!"

我们的金子回来了。

"大个子先生,谢谢你给我制造了一个摆脱说教的机会!"金子小声对大个子先生说道。

"嘿嘿!"

大个子先生满脸通红地低下头,没想到他这么容易害羞。

不责备有过失的人,不愧为金子。

3

"异世界"的谜团已经被解开了,我们收拾好东西,来到了仓库的门口,准备回家。

我们实在不愿意再跟那个颐指气使的阿依奈和那个凶巴巴的犬山有什么瓜葛了。

反正在这里已经没有什么事了,我们就想把菲利普也带回去。

"你在担心什么事吗?"

"你是放心不下主人吗?"

"那倒不是,我对主人没什么放心不下的。我们本来不是有角色要演吗？"

"阿依奈会适当调整角色分配和故事发展的，希望《夏洛克·福尔摩斯》这部电视剧尽量忠实于原著。"

没有我们，电视剧的编导说不定就会按照原著来安排角色、编排故事，金子就可以不用饰演 A，而重新饰演华生了。

"那咱们回去吧。"

"犬山先生！"

"咦？"

我听到一个女人的尖叫声，刚开始还以为有人在拍摄电视剧，但那女人叫的是犬山的本名，而不是犬山饰演的角色名，我这才意识到那声尖叫并非台词。

"喵生！"

"啊！"

我预感有事要发生，便向慌里慌张、不知如何是好的菲利普挥挥爪子，示意他先回主人那里去。

作为猫侦探的助手，我现在也相当老练了。

尖叫声来自犬山的休息室门前。

发出尖叫声的女人双手捂嘴，身子不停地颤抖，呆呆地看着趴在地上奄奄一息的犬山。

"啊！他这是怎么啦？"

"怎么回事？"

"经理，怎么啦？"

人们听到尖叫声围拢过来，阿依奈、金子、大个子先生都来了。

"犬山先生说他想找一下进入角色的感觉，要单独待一会儿，就把自己反锁在屋里了。可是他刚才又突然打开门冲了出来，然后就……"被叫作经理的女人急得直跺脚。她像是一害怕就发脾气的那类人。

"先叫救护车吧！啊，对不起！"

金子从口袋里掏出手机，可能是因为他太慌张了，手机竟脱手掉到了地上。

手机从地上反弹起来，碰到了趴在地上的犬山的额头。

"啊！"

犬山脸色发青，他那粗壮的胳膊抓住了金子那瘦弱的胳膊。

尽管只是不慎落地的手机碰到了他，但是他看起来非常生气。

他用从喉咙深处挤出来的低沉的声音说：

"花斑……花斑带……混账章鱼……呜……"犬山说完便昏了过去。与此同时，喵尔摩斯以迅雷不及掩耳之势冲到犬山身旁，使劲儿抓挠他的胳膊，转眼间，他便皮破血流。

"该死的猫！这可不是你抓着玩儿的！"

大个子先生慌忙推开喵尔摩斯，解下头巾，将犬山的伤口紧紧包扎好。

"杀人犯！"阿依奈指着金子叫道。

"什么杀人犯？我……"

"他刚才说的章鱼,不就是你？你被犬山先生说了几句,怀恨在心,然后就对他下了毒手！可恶！我回去啦！"

阿依奈想离开仓库,但被好几个人劝住。大家说警察和救护车马上就到,他只好作罢。

"那我回休息室去了,谁都别进来！"

阿依奈说完,进了自己的休息室,把自己反锁在里面。

"喵尔摩斯,这是怎么回事呢？"

"咦,你不提我抓伤犬山的事儿吗？"

"那事以后再说,你身为猫绅士,做出那种事,肯定有某种理由！"

"你真的非常信任我啊！你这么单纯,真让人担心啊！"

喵尔摩斯全身颤抖着,拼命控制着自己,不让尾巴竖起来。他的这些动作表明他的内心非常喜悦。

即使是猫,得到他人的信任也会开心。

"唉,阿依奈太笨了,偏偏躲进了最危险的休息室！咱们必须去救他！"

喵尔摩斯好像已经了解了事件的真相。

"阿依奈的休息室有猫瓣门,咱们进去吧！"

听我说完,喵尔摩斯似乎在犹豫什么,身子没动。接着,他小声说道：

"我在犹豫这次要不要带你进去,那里很危险！"

"我会碍事吗?"

"不会,而且你能帮助我。"

"那咱们就一起进去!"

"那太好啦! 解下项圈当鞭子用吧! 必要的时候,它就是武器!"

"就这么办!"

"不要啊……"

我们刚冲进休息室,就听到阿依奈的惊叫声。

休息室外则传来人们的关切声。

"怎么啦?"

"没事吧?"

"请大家后退!"

这是金子的声音。他想干什么呢?

"喵生,你看那儿!"

我朝喵尔摩斯的项圈鞭指的方向看去,那里有条"花斑带"。

花斑带是一条长长的带着花纹的带状生物,看起来令人毛骨悚然,花斑带从花瓶的瓶口钻出来,隐藏在花枝中,扭着身体沿着花枝蜿蜒而上。

花斑带闪闪发亮,其颜色随着光线和其姿势变化着,有时是蓝色,有时是紫色。我不禁被花斑带的美丽吸引住了。

"起来!起来快跑!你起不来吗?"

阿依奈倒在地上,喵尔摩斯用爪子反复拍打着他的脸颊,他仍然紧闭双眼。

他是被那条花斑带杀死了吗?那条花斑带究竟是什么呢?花斑带像有自己的想法似的软绵绵地扭来扭去。

"啊!软绵绵地扭来扭去!"

我端详着那东西,恍然大悟,那被我叫作花斑带的东西,其实是一只带有花斑纹的章鱼!

那章鱼从花瓶里爬出来,摇摇晃晃地朝我走过来。

就在这时,只听"轰隆"一声巨响,休息室的门被撞开,金子撞开房门,带着大家冲进屋里。

"金子好厉害!"

"我学过泰拳!"

朝我走来的章鱼可能觉察到了危险,突然停了下来。

"来得正好!"

只听"啪"的一声,喵尔摩斯的项圈鞭击中了章鱼的脑袋。

章鱼一下子瘫倒在地,好像晕过去了。那章鱼看起来就像一摊水。

"多亏你把这家伙的注意力吸引过去,我才能顺利击中这只章鱼!阿依奈好像也没事,大家可以放心了!"

"喵尔摩斯,危险过去了吗?啊,他们在干什么呢?"

金子正在使劲儿按压阿依奈的胸部。

"他在做心肺复苏啊。"

"嗯……你在干什么？你这混账章鱼！"

"啊！"

苏醒过来的阿依奈狠狠地打了金子一耳光。

"别对我动手动脚！"阿依奈面红耳赤，但精神挺好。

太好了，他还活着啊！

不管多少次都要说，他不愧为金子！

"喵生，我知道他只是昏了过去。章鱼的嘴在身体下方，我们刚进休息室的时候，章鱼刚从花瓶里伸出腕足来。很明显，阿依奈没被咬到，但犬山被这只章鱼咬到而且中了毒。这种章鱼叫豹纹章鱼，也叫蓝环章鱼，是比较罕见的章鱼品种。章鱼就是本案主犯。"

"豹纹章鱼？"

"嗯，这种章鱼有剧毒。我想，犬山刚才说的在沙滩上捡到的漂亮玩意儿就是这只章鱼吧！他还把这只章鱼装进花瓶里，真是愚蠢啊！章鱼是很灵巧的，将其装进带盖子的瓶子里，章鱼都能从瓶子内部将瓶盖打开，更别说花瓶了。咬了犬山的章鱼通过墙壁的缝隙钻进了阿依奈的房间……"

"喵尔摩斯，慢点儿说！这个房间可以说是一个密室啊，哪有能让章鱼钻进去的缝隙呢？"

"有啊，你看，就是那里，大个子先生弄出来的那条缝隙！"

墙上确实有条缝隙,但非常狭小,看上去连一支铅笔都插不进去。

"章鱼连这么狭小的缝隙也能穿过去?"

"千万别小瞧章鱼,其身体是非常柔软的,就算这样狭小的缝隙也能穿过去。"

"原来是这样。你是什么时候注意到那只章鱼的?"

"喵生,犬山不是提到章鱼了吗?"

"啊……"

原来他口中的章鱼不是指金子,而是指真正的章鱼啊!

"犬山能救活吗?"

"我能做的急救已经做了,剩下的就交给医生吧!咦,外面又吵闹起来了。"

救护车的鸣笛声越来越近。

听到这声音,我松了一口气,暗自庆幸事情终于结束了。我的身体一下子软了下来,就像一只章鱼。

"这真是一次意想不到的'异世界'之旅啊!咱们走吧!回夫人那里去!"

"好!"

鸣笛声停下来了,我们穿过冲进仓库的人群,跑了出来。

"啊!"

"怎么啦?"

"项圈没了!"

"笨蛋！忘了带出来了吗？"

我不想回去取了。

我不想再回"异世界"了。

4

这是一封夏洛克·福尔摩斯的来信。

> 两只勇敢的小猫，你们好！
>
> 我拾到一个项圈，不知是你们哪位遗失的，项圈上写着你们的地址，我就给这个地址写了这封信。
>
> 我想，你们已经明白了，攻击犬山的凶犯是有剧毒的章鱼。
>
> 你们能否看懂我写的信呢？我想你们一定能懂！
>
> 抓伤了犬山先生的小猫，你抓伤了被章鱼咬到的犬山先生后，大个子先生将他的伤口用绷带紧紧地包扎好，这使得他体内的豹纹章鱼毒素没有扩散，犬山先生因此捡回了一条命。
>
> 你真是一只了不起的猫！夏洛克·福尔摩斯都甘拜下风！你叫喵洛克·喵尔摩斯，对吧？
>
> 另外一只小猫叫喵生，对吧？

电视剧《夏洛克·福尔摩斯》的拍摄工作顺利地重新开始了。

罗伊罗特,也就是犬山先生,确实是个临时替演。

哦,请谅解!我写得太乱,两只小猫的主人,您可能会觉得莫名其妙吧!

一直以福尔摩斯的身份讲述事件的写信人这时意识到猫主人很可能搞不清楚发生了什么,便又将事情的原委叙述了一遍。这里省略掉他的叙述。

叙述完毕,写信人夏洛克·福尔摩斯,即金子省吾,又接着叙述了后来发生的事。

事情过去后,原本由小猫饰演的华生的角色起用人类演员饰演。不仅如此,导演竟然让我演福尔摩斯,我真是没有想到。

阿依奈先生向铃木导演推荐我,让我饰演福尔摩斯,我当时甚至怀疑他是不是因章鱼事件而精神受到了刺激。

我确实很吃惊,不过这是我三十岁前当上电视剧主角的最后机会了。

我一定要好好把握这次机会,好好表演!我以后也要继续努力,拍摄更多更好的电视剧。

有一件事我觉得有些奇怪,阿依奈先生每次跟我碰面都显得有些尴尬,其中的原因,我百思不得其解。

另外,阿依奈先生和我的个人联系方式附在信内的另一张纸上。

阿依奈先生说,他很想再见一见那些小猫,请你们一定要联系他。

猫主人,请带着小猫们来参加电视剧的庆功宴吧!我会事先向主办方申请,届时允许宠物入场。

夫人看完信后,还将信纸迎着亮光反复查看,但不管她怎么摆弄,这封信都是真真切切的。

"信里竟然有演员金子省吾和偶像乐队主唱阿依奈的联系方式,真是令人难以置信啊!你们好厉害!"

我拽拽牵引绳,满脑子都是散步的事。

章鱼事件已经是好几天前的事了,和它的后续发展相比,我更关心今天的外出散步。

"快,散步去!就算夫人不去,我们也要去!喵尔摩斯,对吧?"

"金子和阿依奈……他们出演的电视剧也不错!希望《夏洛克·福尔摩斯》有续集!走,咱们散步去!"

现在喵尔摩斯的脑子里也只剩下散步了,他猛地向前冲去。

"啊,你们慢点儿啊!"

我和喵尔摩斯拔腿就跑,被我们拽着的夫人也踉踉跄跄地跑起来。

在这寒冬里,我感受着带有春之气息的微风拂过胡须,心情好极了。

"祝贺电视剧《夏洛克·福尔摩斯》顺利播出!"

"非常感谢!"

猫月之夜,正准备打烊的电器商店橱窗中的电视机里传出熟悉的声音。

"年轻英俊的金子先生饰演的福尔摩斯与魅力四射的美少年阿依奈先生饰演的华生受到观众的广泛好评,三毛电视台的电视剧创下了27.8%的收视率纪录!两位在剧中是配合默契的绝佳搭档,私下里的关系是不是也非常融洽呢?"

"呃……其实……"

"当然!我一开始就认为金子先生的演技非常棒,我对铃木导演说,主演非此人莫属……"

"啊……是的,阿依奈先生的演技也很棒,他把人物演得很传神!"

"原来如此!两位相互尊敬才成功地塑造了福尔摩斯和华

生这对绝佳搭档啊……"

"嗯？"

夫人走到阳台上，舔舔食指又把它竖起来。

她在干什么啊？

"天暖和啦！风也不冷！太好啦！可以出去逛逛啦！"

她脱下长裤，只穿着袜子和短裤躺在靠垫上。

看她穿短裤还是穿长裤就能知道气温了，我来这里将近一年了，对这个名叫播本忍的女人真是百看不厌。

她比猫还像猫。

"喵生，春天的时候，咱们能透过这个房间的窗户看到外面盛开的樱花。你快看啊！那边已经有花蕾绽放了！等樱花都开了，咱们带着木天蓼酒去鲣鱼之丘公园赏樱吧！"喵尔摩斯说道。

悠闲地赏樱倒是不错，可我的心头掠过一丝不安。

"我们有闲暇悠闲地赏樱吗？这个街区的动物可都有求于你啊！"

"比起寻求破解疑案的刺激，最近我更想过一下猫真正该过的轻松闲适的慢生活。"

"喂，讲话别那么老气横秋！"

"我知道，反正大家也不允许我那么做。"

"不过最近没什么案子，休息一段时间应该也不……不太可能了。"

"咚咚咚咚……"

警部的脚步声越来越近……

他这么慌张,怕是又有新案子了吧!

"喵尔摩斯先生,喵生先生,有新案子!"

照例,警部还是一头扎了进来。

我不再大惊失色,也不会向后摔倒了。

我也成了一个举止得体的猫绅士。

"不好啦!是一条龙!龙来啦!猫被黑龙吃啦!"

"什么?"

我吃惊地站起来,因用力过猛,身子又"扑通"一声向后摔倒。

世界上真的有龙吗?

"猫跟龙……真是一对有意思的组合啊!"

喵尔摩斯叼起烟斗,眼睛闪闪放光。

遇到疑案叼起玩具烟斗,两眼熠熠生辉……果然,这才是喵洛克·喵尔摩斯。

"说来听听。"

下个猫月之夜,我再去那个公园讲"喵洛克·喵尔摩斯与黑龙"的故事吧!

那天到来之前,请各位耐心等待。

喵洛克·喵尔摩斯的助手喵生必将为您献上精彩的故事。

后记

献给 Neko[①]

有必要聊聊猫咪 Neko。

先说说我那段有关 Neko 的久远的记忆吧。

那大概是我五岁时的事。

我的父母都不喜欢猫。

他们一见到猫,就生气地大叫:"猫崽子!猫崽子!"

跟着我到我家的猫都遭到了母亲的怒斥,并被轰了出去。

那时,有只猫住在儿童聚会屋的屋檐下,我给他取了个名字叫 Neko。

他是我的第一个猫朋友,我们一起玩了大约一个星期。

在我看来,Neko 是一只非常好的猫,他总是陪着我。

在青蛙跳进我的鞋里、我因不小心把青蛙踩死而伤心地哭

---

① Neko:"猫"在日语中发音的罗马字标注形式,本文中以此作为猫的名字。

泣的时候,在我误吞玩具枪的子弹,担心自己会死掉而哇哇大哭的时候,当我在儿童聚会屋遭到小朋友们的孤立,边哭边将沙坑里的沙子撒到滑梯上的时候,Neko都陪在我的身边,他望着天空,不时"喵"地叫上一声。

我觉得在Neko眼里,我是个好人。

我将饮水池水龙头稍稍拧松,让他随时都能喝到水;把在点心店买的点心分给他吃;有求必应地给他挠痒痒,一直挠到他满意。

我们的关系十分融洽。

尽管这样,Neko在被母亲怒斥一番后就再也没来过聚会屋。

在很长一段时间里,Neko是我唯一的猫朋友。

直到与Neko分别二十多年后的某一天,我交上了第二个猫朋友。

尽管有点儿难为情,我还是说说我的第二个猫朋友吧。

阅读下面的文字之前,希望读者保证,不要说我是个骗子。

某日,由于没有小说创作素材,我只好在田间小路上一边散步,一边苦思冥想。远处,稻子收割完后光秃秃的田地里有一只三花猫,他突然用两条后腿站立起来,与我四目相对。

过了一会儿,那只猫迈着碎步走过来,在我面前站住了。

"你好，Neko！我可以写一部关于 Neko 的小说啊！"

这就是这本小说的灵感来源。

自那以来，Neko 隔一天就来一次我的房间，但有时他也会一年多不露一次面。

有时，我们在街上打了个照面，他也没理我；有时，他就躺在我的被炉里。

跟我五岁时不同，Neko 与成年后的我保持着成年人之间的微妙距离，这真是一种绝妙的关系啊！

这种关系持续了好几年。一天，我鼓起勇气对坐在屋里的平衡球上一动不动的 Neko 说：

"有人问我要不要出版这本关于 Neko 的小说。"

"什么意思？"

因为写喵洛克·喵尔摩斯的故事是 Neko 的主意，我受到启发才将其写成小说的，没有 Neko 的允许，我不能将其出版。

"出版社是哪家？"

"是宝岛社[①]。"

"哦，鱼岛社！好听！挺好嘛！"

是我口齿不清吗？

---

① 本书在日本由宝岛社出版。

时间过去了一个月。

"Neko,我真的可以出版它吗?"

"你也太啰唆啦!"

尽管 Neko 说,书出版了也没人会信这书是我们合写的,但喵洛克·喵尔摩斯的故事就是我和 Neko 共同创作的,说它是我一个人写的纯属谎言。

欺骗读者,我于心不安。

"谎言是战争的开始,宝岛社的编辑这样说过吧?"

"鱼岛社说过什么?"

关于这件事,我们根本聊不到一起去。

"那至少我应该对父母说实话……"

"他们叫我'猫崽子'时我就跑,这总可以吧?"

Neko 跳到窗台上,打开窗户,微微一笑。

"你很能干啊!你开心,我就开心,其他事我都无所谓的。"

Neko 是只好猫。

"你要走了吗?下次什么时候能见?"

"嗯……不好说。这可能是一次时间很长的冒险,也可能不是。不过,有困难的时候或孤单的时候,你尽管'喵'地叫一声!不管阿广你有什么烦心事,我都会赶来。说定了!再见!"

Neko 跳到窗外,走了。

我从窗口探出上半身,目送 Neko 沿着田间小路越跑越远。

直到现在,我也没有再见到 Neko。

"咦?"

不记得是第几次修改了,总之是在修改《在生命与废弃物之间》这一章的时候,我突然想到了一件事。

Neko 怎么会知道我妈把猫咪叫"猫崽子"?他怎么知道我的乳名叫"阿广"?

我小时候给 Neko 吃过巧克力吗?说起来,我的第一个猫朋友 Neko 好像就是一只三花猫。

"嗯……"

有些东西像是有关联但又关联不起来。

真烦人啊!我的脑力似乎达到了极限。

"别把事情想得太复杂,下次和 Neko 见面时再跟他说吧!"

Neko 再不快点儿来,我可要麻烦了!

拜托,没有他,我根本写不出喵尔摩斯后续的故事!

我本想"喵"地叫一声,但我克制住了。

Neko 也有不方便的时候吧,需要 Neko 的好像不只是我一个人。

之所以至今仍不给屋子的小窗上锁,就是因为我一直在等着他的到来。